LA BEAUTÉ, TÔT VOUÉE À SE DÉFAIRE

Yasunari Kawabata (Osaka, 1899 – Zushi, 1972), écrivain japonais, lauréat du prix Nobel de littérature en 1968. Après avoir perdu dès sa première enfance son père, sa mère, sa grand-mère, son unique sœur et enfin son grand-père – dont l'agonie et la mort sont évoquées respectivement dans *Le Journal de ma seizième année* (Jûrokusai no nikki, 1914-1925) et *Ossements* (Kotsu-hiroi, 1916-1949) –, il commence en 1917 à Tokyo ses études supérieures sous le signe de la solitude qui le marque profondément. Pour fuir cette obsession, il parcourt à pied la péninsule d'Izu, très peu fréquentée à l'époque, à 150 kilomètres de la capitale. Ce voyage solitaire lui inspire *La Danseuse d'Izn* (Izu no odoriko, 1926), nouvelle qui deviendra un classique dont les extraits figurent dans tous les manuels scolaires japonais. En 1924, avec son ami Yokomitsu Toshikazu (dit Riichi, 1898-1947), il se distingue comme l'un des deux grands pionniers d'un mouvement littéraire d'avant-garde appelé « école des sensations nouvelles » (*shin-kankaku-ha*). Les œuvres de Kawabata qui suivent cette période sont caractérisées avant tout par le regard pénétrant avec lequel il observe le monde extérieur. À ce propos, il parle de « regard ultime », dernière image de ce monde chez celui qui va le quitter à jamais – virtuellement capable de transformer les choses banales en des cristaux extraordinaires. En effet, cette aptitude est perceptible derrière les créations majeures de Kawabata telles que *Pays de neige* (Yukiguni, 1935-1942), *Nuée d'oiseaux blancs* (Senbazuru, 1949-1952) et bien d'autres, qui transposent de simples histoires d'amour dans un univers sublime de fiction, grâce au cadre merveilleux qui existe pourtant dans la réalité – le pays de neige, l'art du thé (dans *Nuée d'oiseaux blancs*)... Les thèmes comme la solitude et la tristesse, la beauté et la pureté, la virginité et la souffrance, l'amour et la séparation, ou la vieillesse et la mort, apparaissent et disparaissent comme autant de leitmotive dans tous les récits, allant de ses premiers écrits jusqu'à son dernier roman *Tristesse et Beauté* (Utsukushisa to kanashimi to, 1961-1965), en passant par *Le Grondement de la montagne* (Yama no oto, 1949-1954) et *Les Belles Endormies* (Nemureru bijo, 1960-1961). Partout, des figures de jeunes femmes dominent l'intrigue, au point que l'on est tenté de dire que l'œuvre de Kawabata est un véritable hymne à la féminité.

Paru dans Le Livre de Poche :

LES BELLES ENDORMIES

CHRONIQUE D'ASAKUSA

LA DANSEUSE D'IZU

LE GRONDEMENT DE LA MONTAGNE

KYÔTO

LE LAC

LE MAÎTRE OU LE TOURNOI DE GO

PAYS DE NEIGE

RÉCITS DE LA PAUME DE LA MAIN

LES SERVANTES D'AUBERGE

TRISTESSE ET BEAUTÉ

ROMANS ET NOUVELLES
(La Pochothèque)

YASUNARI KAWABATA
Prix Nobel de littérature 1968

La beauté, tôt vouée à se défaire

NOUVELLES TRADUITES DU JAPONAIS PAR LIANA ROSI

Postface de Yukio Mishima

ALBIN MICHEL

Note de l'éditeur

En 1967, Kawabata regroupait en un volume, dans une collection de poche, sous le titre *Les Belles Endormies*, trois textes datant d'époques différentes et déjà publiés séparément : « Les belles endormies » (1960), « Le bras » (1963), et une nouvelle beaucoup plus ancienne, « La beauté, tôt vouée à se défaire » (1933). Pour chacun de ces textes, Yukio Mishima avait rédigé un bref commentaire, ajouté en postface. Le présent recueil reprend les deux nouvelles à ce jour inédites en français, « Le bras » et « La beauté, tôt vouée à se défaire », et les commentaires correspondants de Mishima.

Le bras

« Je peux te prêter mon bras pour un soir », dit la fille. Et, le détachant de son épaule droite, elle le prit dans sa main gauche et le déposa sur mes genoux.

« Merci. »

Je regardai mes genoux. La chaleur de son bras droit se transmettait à mes cuisses.

« Ah, je vais y mettre ma bague. Pour bien montrer qu'il s'agit de mon bras. »

Elle leva la main gauche à hauteur de ma poitrine.

« S'il te plaît... »

Avec son seul bras gauche, il lui était difficile d'enlever sa bague.

« Ce n'est pas une bague de fiançailles ? questionnai-je.

– Non. C'est un souvenir de ma mère défunte. »

La bague était en or blanc, avec une rangée de brillants.

« On dirait une bague de fiançailles, mais ça ne fait rien, je la porte quand même, expliqua-t-elle. Et quand je l'enlève, je suis triste comme si je quittais ma mère encore une fois. »

J'enlevai la bague de son doigt. Puis je redressai son bras posé sur mes genoux et, tout en glissant la bague à son annulaire, lui demandai si elle allait à ce doigt-là.

« Oui, acquiesça-t-elle. C'est vrai, si les articulations du coude et des doigts ne plient pas et qu'il reste dressé, ce sera comme une prothèse, tu ne pourras pas faire grand-chose avec. Je vais me débrouiller pour qu'il bouge. »

Elle reprit son bras droit, posa légèrement ses lèvres à la saignée du coude. Elle effleura aussi de ses lèvres les jointures des doigts.

« Maintenant, ça va.

– Merci. »

Je pris le bras.

« Tu penses qu'il peut parler ? Tu crois qu'il me racontera des histoires ?

– Il ne peut faire que ce que fait un bras. Et si un jour il devait apprendre à parler, j'aurais peur de ce qu'il pourrait me dire après que tu me l'auras rendu. Mais tu peux essayer... Si tu es gentil avec lui, il se peut même qu'il t'écoute.

– Je serai gentil.

– Alors à bientôt, dit-elle, l'esprit ailleurs, en caressant avec les doigts de la main gauche son bras droit que je tenais toujours. Tu es à lui, mais pour un soir seulement. »

Il m'apparut que ses yeux, qui me regardaient, avaient du mal à réprimer des larmes.

« Quand tu seras rentré chez toi, tu pourras essayer, si tu veux... dit-elle, de remplacer ton bras droit par le mien.

– Ah, merci. »

Je marchai dans la nuit à travers la ville sur laquelle le brouillard était tombé, le bras droit de la fille dissimulé sous mon imperméable. J'avais peur qu'on me trouve un air suspect si je prenais le train ou un taxi. Je craignais de m'attirer des ennuis si le bras séparé du corps de la fille se mettait à pleurer ou à crier.

Je tenais dans ma main gauche la rondeur de l'attache du bras de la fille posé sur mon cœur. Il était caché, recouvert par mon imperméable et je ne pouvais m'empêcher de l'effleurer de temps à autre de la main gauche, afin de vérifier qu'il était bien là. Mon geste visait sans doute à m'assurer moins de sa présence que de mon bonheur.

Elle avait détaché son bras de l'endroit que j'aimais. Il y avait un renflement là où la naissance du bras rejoignait l'extrémité de l'épaule. Cet arrondi, rare chez les Japonaises, existe chez les belles Occidentales au corps élancé. Et cette fille l'avait. Une rondeur pure et élégante, sphère de lumière légère et innocente, qui embellissait dès lors que la fille perdait sa virginité. Cette fille l'avait. Dans cette adorable rondeur, on sentait tout ce qu'elle avait de charmant. La rondeur de sa poitrine n'était sans doute pas aussi importante, elle devait tenir dans la paume de la main, être suffisamment douce et ferme pour être manipulée avec pudeur. En voyant la courbe de ses épaules, j'imaginais aussi ses jambes lorsqu'elle marchait. Elle devait se déplacer avec la légèreté d'un petit oiseau, un papillon allant de fleur en fleur. Et un rythme aussi subtil devait se retrouver sur l'extrémité de sa langue quand on l'embrassait.

On était à la saison des robes sans manches, et les épaules de la fille venaient juste de se révéler. Leur couleur était celle de la peau qui n'a pas encore l'habitude d'être exposée à l'air. Elle avait l'éclat d'un bourgeon humide qui se cache au printemps avant d'être dévasté par l'été. Ce matin-là, j'avais acheté chez le fleuriste des branches de magnolia pour les mettre dans un vase, et la rondeur des épaules de la fille m'était apparue semblable à ces gros bourgeons blancs. Sa robe, en plus d'être sans manches, était échancrée autour du cou. La naissance du bras au niveau de l'épaule ressortait d'autant plus. Le vêtement de soie, d'un bleu si foncé qu'il en paraissait noir, luisait doucement. Des épaules aussi généreuses arrondissaient son dos. La vague qu'elles soulevaient y retombait souplement. Quand on la regardait de dos, légèrement de biais, la surface de peau qui partait de l'épaule tombante pour aller vers le cou long et fin était coupée net à hauteur des cheveux relevés sur la nuque, et ces cheveux noirs semblaient se refléter sur l'arrondi de ses épaules.

Elle avait dû sentir que je trouvais cela joli, pour détacher ainsi son bras droit de la rondeur de l'épaule et me le prêter.

Le bras de la fille, que je tenais précautionneusement sous mon imperméable, était plus froid que ma main. Sans doute celle-ci était-elle chaude du fait de l'exaltation qui précipitait les battements de mon cœur, mais je souhaitais que ma fièvre ne se propageât pas à son bras. Je voulais qu'il garde la température paisible de son corps. Par ailleurs, la fraîcheur à l'intérieur de ma main me rappelait combien j'y étais attaché. C'était comme si je tenais sa poitrine encore vierge de caresses.

Le brouillard en cette nuit pluvieuse s'épaississait, imprégnant mes cheveux d'humidité, car je ne portais pas de chapeau. Du fond d'une pharmacie qui avait fermé provenait le son de la radio ; elle disait que trois avions de ligne qui n'avaient pu atterrir à cause du brouillard allaient devoir voler au-dessus de l'aéroport pendant trente minutes encore. Et la radio poursuivait en exhortant les familles à se méfier, car l'humidité, par de telles nuits, pouvait facilement détraquer les pendules. Elle expliquait que si l'on en remontait le ressort à fond, l'humidité risquait de le briser. J'ai levé les yeux pour tenter d'apercevoir les lumières des avions qui tournaient, mais je n'ai rien vu. Le ciel ne le permettait pas. L'air humide pénétrait jusque dans mes oreilles, et j'avais l'impression d'entendre une multitude de vers grouiller dans le lointain. J'étais planté devant la pharmacie, croyant que la radio allait multiplier ses avertissements aux auditeurs, lorsqu'elle se mit à diffuser des rugissements, on aurait cru entendre les grondements sourds de la terre, ou d'animaux sauvages : lions, tigres et panthères du parc zoologique, affolés par cette humidité. Ensuite, la radio recommanda aux femmes enceintes et aux dépressifs de se coucher tôt ce soir-là. Elle ajouta que, par ce temps, les femmes devaient se méfier, du parfum déposé sur leur peau risquait de s'imprégner si profondément qu'il ne partirait plus.

J'avais commencé à m'éloigner de la pharmacie au moment où j'avais entendu les rugissements des animaux sauvages, mais la radio me poursuivit jusqu'à la recommandation concernant le parfum. Les rugissements affolés m'avaient fait peur et je m'étais éloigné ; je craignais que ma peur ne se transmît au bras de la fille. Celle-ci n'était ni enceinte ni dépressive, mais avec son bras qu'elle m'avait prêté, je pensais qu'il valait mieux, comme le préconisait la radio, nous mettre tranquillement au lit cette nuit-là. J'espérais que la fille à qui appartenait le bras dormirait elle aussi paisiblement.

Pour traverser la rue, j'appuyai ma main gauche sur le bras à travers mon imperméable. Une voiture klaxonna. Il y eut un frémissement à mon côté, je réagis. Le bras avait été surpris par le coup de klaxon, et ses doigts m'avaient agrippé.

« Ne t'inquiète pas, lui dis-je, la voiture est loin. Elle a klaxonné uniquement parce qu'il n'y a pas de visibilité. »

Dans la mesure où ce que je transportais

était précieux, je n'avais traversé qu'après avoir vérifié que la rue était dégagée. Je ne pensais pas que le coup de klaxon m'était destiné, mais je n'avais vu personne en regardant dans la direction où la voiture arrivait. Je ne la voyais d'ailleurs pas, je ne distinguais que ses phares. Leur lumière floue était auréolée de violet. La lueur émise par ces phares étant peu ordinaire, après avoir traversé j'attendis afin de la regarder passer. Elle était conduite par une jeune femme en robe vermillon. Il me sembla qu'elle se tournait vers moi pour m'adresser un salut. Sur le coup, je pensai que la fille était venue récupérer son bras, et je faillis tourner les talons et m'enfuir, mais elle n'aurait pas pu conduire avec son seul bras gauche. La femme de la voiture n'avait-elle pas, cependant, deviné que je transportais un bras ? C'était une question d'intuition féminine. Je devais faire attention à ne pas rencontrer d'autres femmes en rentrant chez moi. Les feux arrière de la voiture étaient eux aussi auréolés de violet. Le châssis en était toujours aussi invisible et seules dans la brume couleur de cendre s'éloignaient les taches flottantes de lumière violacée.

« Cette femme conduit sans but, elle ne peut pas s'empêcher de rouler uniquement pour rouler, elle va finir par disparaître, comme ça, au volant de sa voiture... marmonnai-je. Y avait-il quelque chose à l'intérieur, derrière elle, sur le siège arrière ? »

Il me semblait qu'il n'y avait rien. Peut-être trouvais-je cela inquiétant parce que je marchais avec le bras de la fille. Le brouillard humide de la nuit pesait lui aussi sur la voiture de cette femme. Et quelque chose d'elle teintait de mauve la brume éclairée par les phares. D'où cette lueur violette pouvait-elle bien provenir sinon de son propre corps ? Transporter un bras en cachette me faisait sans doute imaginer des bêtises à propos de cette jeune femme roulant seule par une nuit pareille. De sa voiture, n'avait-elle pas adressé un salut au bras de la fille ? En de pareilles nuits, il existait peut-être des anges ou des fées qui se promenaient afin de veiller à la sécurité des femmes ? Cette jeune femme n'était sans doute pas à bord d'une voiture, mais d'une lumière violette. Ce n'étaient pas des bêtises. Elle avait deviné mon secret.

Ensuite, je ne rencontrai plus personne jusqu'à l'entrée de mon immeuble. Je m'immobilisai, inquiet de savoir ce qui m'attendait derrière la porte. Des lucioles qui clignotaient au-dessus de ma tête disparurent. Je reculai promptement de quelques pas après avoir réalisé que c'était une lumière trop forte et trop étendue pour être des lucioles. Il y eut encore deux ou trois coulées lumineuses. Elles s'éteignirent plus rapidement que si elles avaient été absorbées par l'épais brouillard. Quelque chose comme des feux follets, âmes ou démons, m'avait peut-être devancé pour attendre mon retour. Mais je compris vite qu'il s'agissait d'un essaim de petits papillons de nuit. Leurs ailes, qui reflétaient la lumière du réverbère de l'entrée, brillaient comme des lucioles. De grosses lucioles, mais les papillons de nuit étaient si petits qu'on aurait pu les prendre pour des lucioles.

J'évitai l'ascenseur, empruntant subrepticement l'étroit escalier jusqu'au deuxième étage. Moi qui ne suis pas gaucher, je n'avais pas l'habitude de tourner la clef dans la serrure avec la main gauche, tandis que ma main droite était toujours sous mon imperméable. J'étais impatient, ma main tremblait, si bien que je devais ressembler à un criminel en pleine action. J'avais l'impression qu'il y avait quelqu'un à l'intérieur. C'était ma chambre comme toujours solitaire, mais la solitude n'est-elle pas la présence de quelque chose ? Cette nuit où je rentrais avec le bras de la fille, moi qui avais toujours été solitaire, ma propre solitude enfermée dans ma chambre m'effraya.

« Entre d'abord, proposai-je au bras en le sortant de mon imperméable au moment où la porte s'ouvrait enfin. C'est gentil d'être venu. Voici ma chambre. J'allume la lumière.

– De quoi as-tu peur ? eus-je l'impression d'entendre. Il y a quelqu'un ?

– Certainement pas.

– C'est l'odeur.

– L'odeur ? La mienne, sans doute. Ma grande silhouette n'apparaît-elle pas confusément dans la pénombre ? Regarde bien. Il se peut que mon ombre ait attendu mon retour.

– C'est une odeur douce, tu sais.

– Ah, celle du magnolia ! » m'exclamai-je joyeusement. J'étais content que ce ne fût pas celle d'une solitude sombre et humide. Le vase avec ses gros bourgeons était ce qu'il y avait de mieux pour accueillir une jolie visiteuse. Mes yeux s'étaient un peu habitués à l'obscurité. Je savais où trouver quoi dans le noir complet grâce à une longue pratique quotidienne.

« Laisse-moi allumer la lumière, me surprit-il à demander. Puisque c'est la première fois que je viens chez toi.

– Je t'en prie. Et je t'en remercie. C'est la

première fois que quelqu'un d'autre que moi allume dans cette pièce. »

Je tendis le bras de la fille afin qu'il pût atteindre le bouton placé à côté de la porte. Les cinq lampes, au plafond, sur la table, au chevet du lit, dans la cuisine et le cabinet de toilette s'allumèrent en même temps. N'en croyant pas mes yeux, je doutai qu'elles eussent jamais éclairé ainsi.

Dans le vase, les grosses fleurs de magnolia étaient entièrement épanouies. Le matin même il n'y avait que des bourgeons. Ils n'étaient pas ouverts depuis longtemps que déjà les étamines étaient tombées, éparses sur la table. Et je les regardais avec plus de curiosité encore que les fleurs blanches. J'en avais pris une ou deux pour les observer lorsque le bras, que j'avais déposé sur la table, se mit à les ramasser en remuant les doigts comme des chenilles arpenteuses. Après avoir recueilli les étamines dans sa main, je me levai pour aller les jeter dans la corbeille à papier.

« L'odeur tenace des fleurs imprègne ma peau. Au secours ! cria-t-il.

– Ah, tu dois être épuisé après ce que nous avons subi en chemin. Repose-toi un moment tranquillement. »

Je déposai le bras sur le lit avant de m'asseoir à côté. Puis le caressai doucement.

« Comme c'est joli, je suis si heureux. »

Il voulait sans doute parler du couvre-lit. Celui-ci était bleu ciel, avec des motifs floraux de trois couleurs différentes. Un peu trop voyant, certainement, pour un homme solitaire.

« C'est là que nous allons dormir cette nuit, n'est-ce pas ? Je serai sage.

– Vraiment ?

– Je serai tout contre toi, mais je ferai en sorte que tu ne t'en aperçoives pas. »

Sa main serra furtivement la mienne. Je vis les ongles bien polis, d'une pâle couleur d'œillet de Chine. Longs, ils dépassaient nettement l'extrémité de ses doigts.

A côté de mes ongles courts, larges et épais, la beauté des siens était presque inhumaine. Avec de telles extrémités, les femmes avaient-elles pour intention de vaincre leur difficulté à être des créatures humaines ? A moins qu'elles ne cherchent ainsi à s'affirmer. Même si les ongles évoquaient des comparaisons banales telles que l'intérieur nacré d'un coquillage ou l'éclat fugitif d'un pétale – et les siens avaient effectivement la couleur et la forme d'un coquillage ou d'un pétale –, cela ne me venait pas à l'esprit, car pour moi ils n'étaient rien de plus que ce qu'ils étaient, c'est-à-dire les ongles des doigts de la fille. Et ils m'apparaissaient bien plus transparents qu'un fragile coquillage ou un pétale fin et délicat. Plus que toute autre chose, ils me faisaient penser à des larmes de tragédie. Jour après jour, nuit après nuit, la fille s'appliquait avec assiduité à polir une beauté tragique. Cela imprégnait ma solitude. Et c'était peut-être ma solitude qui, en gouttant sur les ongles de la fille, y formait ces larmes tragiques.

Je posai le petit doigt de la fille sur l'index de ma main libre et observai cet ongle long et étroit en le caressant avec la chair de mon pouce. Bientôt, mon index effleura le bout de son petit doigt caché sous l'auvent de l'ongle. Il tressaillit, se rétracta. Son coude se plia à son tour.

« Ah, ça te chatouille ? commençai-je. Tu es sensible, n'est-ce pas ? »

Je venais de lâcher une étourderie. Si je savais que l'extrémité des doigts des femmes aux ongles longs est sensible, cela signifiait donc que je connaissais assez bien d'autres femmes en dehors de la fille, ce que savait son bras maintenant.

J'avais appris cette histoire, concernant la

sensibilité des ongles, de la bouche d'une femme dont mieux vaut dire qu'elle connaissait bien les hommes plutôt que révéler son âge. Elle avait l'habitude de toucher les choses non pas du bout des doigts mais avec l'extrémité de ses ongles longs et, m'avait-elle expliqué, lorsque ceux-ci entraient en contact avec quelque chose, ça lui était désagréable.

« Hmm, avais-je marmonné, surpris par cette découverte inattendue, tandis qu'elle continuait :

– Quand je prépare les repas ou quand je mange, dès que je touche quelque chose du bout des doigts, ça m'est pénible au point que j'en frissonne. C'est vrai, je t'assure... »

Etait-ce la nourriture ou l'extrémité de ses ongles qui la dégoûtait ? Elle ne pouvait sans doute pas s'empêcher de ressentir une répulsion instinctive au moindre contact. Les larmes tragiques de la pureté étaient à l'abri sous ses ongles longs et perlaient à l'extrémité de ses doigts.

Avoir envie de caresser ces doigts était naturel, mais je m'en étais abstenu. Ma propre solitude me l'avait refusé. Cette femme me semblait ne plus avoir aucun endroit sensible sur le corps, où que ce fût.

Quant à la fille qui m'avait prêté son bras,

il devait lui rester un peu partout sur le corps des endroits sensibles à la caresse. Même si je lui avais chatouillé le bout des doigts, je crois qu'elle n'aurait pas considéré cela comme un crime, plutôt comme une marque de tendresse. Mais elle ne m'avait pas prêté son bras pour que je m'amuse avec. Je ne devais pas transformer cette tragédie en comédie.

Je me rendis compte que la fenêtre était ouverte. La partie vitrée était fermée, mais les rideaux n'étaient pas tirés.

« On nous épie peut-être ? dit le bras de la fille.

– Des gens, tu crois ?

– Ils peuvent toujours regarder, ils ne nous verront pas. Si quelqu'un nous épie, ça ne peut être que toi.

– Moi ?... Mais enfin, où crois-tu que nous sommes ?

– On est si loin, commença le bras sur le ton de la lamentation. On est toujours à la recherche d'un soi inaccessible.

– Et on finit par le trouver ?

– On est si loin », répéta le bras.

J'eus soudain l'impression que le bras et le corps de la fille étaient à une distance infinie l'un de l'autre. Ce bras arriverait-il un jour à retourner à son corps d'origine, qui était si loin ? Arriverais-je à le rendre à sa propriétaire, qui se trouvait si loin ? La fille, ayant confiance en moi, dormait-elle paisiblement, de la même manière que le bras était tranquille parce qu'il croyait en moi ? N'était-elle pas mal à l'aise d'avoir perdu son bras droit ? Ne faisait-elle pas des cauchemars ? Au moment de leur séparation, ne s'était-elle pas efforcée de réprimer les larmes qui lui montaient aux yeux ? Le bras était chez moi maintenant, alors que la fille n'y était jamais venue.

La vitre était tellement humide qu'elle paraissait couverte d'une pellicule semblable à la peau du ventre d'un crapaud. Le brouillard à l'extérieur, comme du crachin en suspension dans l'air, abolissait toute distance dans la nuit qui s'étendait à l'infini. Les toits étaient invisibles, les klaxons inaudibles.

« Je vais fermer. »

Je voulus tirer les rideaux, humides eux aussi. Mon visage se reflétait sur la vitre. Il avait l'air plus jeune que d'habitude. Je ne suspendis pas mon geste. Et mon visage disparut.

Me revint alors à la mémoire la fenêtre d'une chambre aperçue un jour au huitième étage d'un hôtel. Deux fillettes en robe rouge fendue s'amusaient derrière la vitre. Elles étaient peut-être jumelles car elles se ressemblaient et portaient un vêtement identique. C'étaient des petites Occidentales. Les deux enfants cognaient le carreau avec leurs poings serrés, s'y adossaient, s'y bousculaient. Leur mère tricotait, tournant le dos à la fenêtre. Si la grande vitre s'était brisée ou détachée, les fillettes se seraient tuées en tombant du huitième étage. J'étais le seul à m'apercevoir que c'était dangereux. Les deux enfants et leur mère ne s'en souciaient pas. Les carreaux solides ne présentaient pour elles aucun danger.

Lorsque je me retournai après avoir tiré les rideaux, le bras, sur le lit, me dit :

« C'est joli. »

Sans doute parce que le tissu à fleurs des rideaux était assorti à celui du couvre-lit.

« Tu trouves ? La couleur a passé sous l'effet du soleil. Ils sont fatigués, tu sais. »

Je me suis assis sur le lit, ai posé le bras sur mes genoux.

« C'est ça qui est joli. Il n'y a rien de plus joli que ça. »

Et je fis coïncider la paume de ma main droite avec la sienne, tandis que ma main gauche, tenant la naissance du bras, actionnait doucement l'articulation du coude. Je répétai l'opération.

« Petit coquin, commença le bras avec, me

sembla-t-il, un gentil sourire, ça t'amuse de faire ça ?

– Comment, coquin ? Je ne suis pas en train de m'amuser. »

Un sourire flotta réellement sur le bras, courut sur la peau en un éclair scintillant. Il avait la fraîcheur de celui qui éclairait le visage de la fille.

Je le sais parce que je l'avais vu. La fille, accoudée sur la table, le menton ou la joue appuyés sur les mains posées l'une sur l'autre avec légèreté. C'était une attitude considérée comme peu élégante pour une jeune fille, mais les verbes « accouder », « appuyer » ou « poser » ne conviennent pas à sa charmante légèreté. De la rondeur de la naissance du bras jusqu'aux cheveux, en passant par les doigts de la main, le menton, les joues, les oreilles, le long cou, tout avait l'harmonie d'une jolie pièce musicale. La fille maniait adroitement le couteau et la fourchette, que de temps en temps elle redressait légèrement avec innocence, index et petit doigt toujours repliés. Elle introduisait la nourriture entre ses lèvres fines, mâchait puis avalait dans un mouvement qui n'était pas celui d'un être qui mange, mais de mains, d'un visage et d'une gorge interprétant une charmante mélodie. Son sourire se réverbérait jusque sur la peau de son bras.

Le bras de la fille m'était apparu souriant parce qu'au fur et à mesure que je pliais et dépliais le coude, ses muscles fins et déliés avaient adopté une courbe délicate, et que le jeu de l'ombre et de la lumière donnait à la peau un velouté clair. Tout à l'heure, lorsque son coude s'était soudain rétracté au moment où j'avais effleuré l'extrémité de ses doigts sous les ongles longs, la lumière qui avait couru en un éclair sur son bras m'avait ébloui. Je voulais voir si son articulation fonctionnait, et je ne plaisantais pas. Je renonçai à actionner le coude, mais j'eus beau l'observer, posé immobile, tout droit sur mes genoux, il garda sa fraîcheur d'ombre et de lumière.

« Tu sais que si c'est pour nous amuser, j'ai la permission de te mettre à la place de mon bras droit ? lui dis-je.

– Je sais, me répondit-il.

– Ce n'est pas une plaisanterie. Ça me fait peur.

– Vraiment ?

– Je peux ?

– Mais oui.

– ... »

Une voix venait de me surprendre au creux de l'oreille :

« Tu peux, tu sais, encore une fois... Mais oui, tu peux. »

La mémoire me revenait. La voix ressemblait à celle d'une fille qui avait décidé de se donner à moi. Elle n'était pas aussi belle que celle qui m'avait prêté son bras. Et peut-être n'était-elle pas tout à fait normale.

« Tu peux. »

Elle levait les yeux vers moi. Je voulus abaisser ses paupières. Elle me dit alors d'une voix tremblante :

« Jésus pleura. "Ah, comme il l'aimait", dirent les Juifs.

– ... »

Elle s'était trompée. Il s'agissait de la mort de Lazare. Avait-elle pensé à une femme parce qu'elle en était une, ou l'avait-elle fait exprès ?

Ses paroles décalées et mystérieuses m'avaient pris au dépourvu. Je la regardais en retenant mon souffle, craignant de voir les larmes couler de ses paupières fermées.

Elle ouvrit les yeux, se redressa. Je lâchai son buste qui retomba.

« Aïe ! »

Elle porta sa main à l'arrière de sa tête.

« Je me suis fait mal. »

Une petite tache écarlate s'étalait sur l'oreiller blanc. Je cherchai la blessure en écartant ses cheveux. Puis je posai mes lèvres là où perlait une larme de sang.

« Ce n'est pas grave, je saigne facilement, un rien suffit. »

Elle enleva toutes les épingles de ses cheveux. L'une d'elles lui avait piqué le crâne.

Elle essayait de se maîtriser et ses épaules en tremblaient.

Il y a quelque chose que je comprends mal chez les femmes, c'est leur manière de s'abandonner. Je me demande ce qu'elles entendent par « s'abandonner ». Pourquoi le souhaitent-elles, et pourquoi en prennent-elles l'initiative ? Je n'ai jamais compris, même quand j'ai su que leur corps était fait dans ce but. Cela me paraît tellement étrange, encore à l'âge que j'ai. Car à chaque corps féminin auquel on se livre, on peut tout à loisir trouver une différence, des ressemblances, ou une similitude. Cela aussi est curieux, non ? Cette capacité à m'étonner me vient peut-être davantage de l'enfance que de la vieillesse, ou alors d'un désespoir plus ancien que l'âge. Ne serait-ce pas dû à une infirmité du cœur ?

Une douleur comme celle de la fille n'était-elle pas celle de toutes les femmes qui s'abandonnent ? Pour cette fille, ce fut la seule fois. Les liens d'argent se sont rompus, les vases d'or brisés.

« Tu peux », avait dit le bras, et cela me rappelait la fille, leurs voix ne se ressemblaient-elles pas ? A moins que ce ne fût une impression, car le bras avait dit la même chose que la fille. Même s'il avait employé une expression identique, le bras, contrairement à la fille, n'était-il pas libre, séparé qu'il était de son corps d'origine ? Et comme justement il s'était totalement abandonné, ne pouvait-il le faire sans contrôle, ni responsabilité, ni repentir ? Mais si, puisqu'elle m'en avait donné la permission, je mettais son bras droit à la place du mien, la fille ne ressentirait-elle pas une douleur aiguë dans son corps d'origine ?

Je continuais à fixer le bras posé sur mes genoux. Une vague lumière flottait à la saignée du coude. On aurait pu l'aspirer. Je repliai imperceptiblement le bras pour concentrer cette lueur et, le soulevant, y posai mes lèvres pour l'aspirer.

« Tu me chatouilles, tu sais. Quel coquin tu fais, dit le bras qui, fuyant mes lèvres, s'accrocha à mon cou.

– Ce que je buvais était si bon..., soupirai-je.

– Que buvais-tu ?

– ...

– Que buvais-tu ?

– Un élixir de lumière, peut-être, sur ta peau. »

Le brouillard, qui paraissait plus dense à l'extérieur, humidifiait jusqu'aux feuilles des branches de magnolia. Je me demandais quels avertissements diffusait la radio. Je me levai du lit, me dirigeai vers la table sur laquelle se trouvait un petit poste, puis renonçai. Il était superflu d'écouter la radio avec le bras de la fille autour de mon cou. Mais il me sembla qu'on y disait ceci : Les branches des arbres sont mouillées par une humidité opiniâtre, les ailes et les pattes des petits oiseaux également, qui glissent, tombent et sont incapables de voler, si bien que les voitures qui traversent les parcs et autres endroits boisés doivent faire attention à ne pas les écraser. Si un vent tiède se lève, la couleur de la brume peut changer. Une brume qui change de couleur est nocive, et si elle devient rose ou violette, il faut s'abstenir de sortir et bien se calfeutrer chez soi.

« La couleur de la brume change ? Tourne-t-elle au rose ou au violet ? » murmurai-je, et je pinçai le rideau afin de regarder dehors. Le brouillard qui pesait inutilement semblait tout envahir. Etait-ce parce que le vent s'était levé qu'une obscurité peu épaisse, différente de celle de la nuit, paraissait se déplacer ? On avait l'impression que des masses furieuses tourbillonnaient derrière une couche de brume d'une épaisseur sans limites.

Je me rappelai qu'un peu plus tôt, en rentrant après avoir emprunté le bras, j'avais croisé la voiture d'une femme habillée en vermillon, flottant dans le brouillard, sur une traînée de lumière violette. Mauve. Je lâchai précipitamment le rideau, ayant cru voir deux gros yeux violacés surgir de la brume.

« On dort ? On dort nous aussi ? »

Il n'y avait aucun signe de vie, aucun indice que qui que ce soit fût éveillé en ce monde. Ne pas dormir par une nuit pareille semblait chose affreuse.

Je détachai le bras de mon cou et le déposai sur la table avant d'enfiler un kimono de nuit neuf. Il s'agissait d'un yukata. Le bras me regardait en train de me changer. J'eus honte d'être regardé.

Je me mis au lit avec le bras. Tourné vers lui, je maintenais doucement ses doigts à hauteur de ma poitrine. Il ne bougeait pas.

On entendait à intervalles réguliers un léger bruit de pluie. Si léger que ce n'était peut-être pas la brume qui s'était transformée en pluie, mais des gouttes de brouillard condensé qui finissaient par tomber.

Je me rendais compte que, sous les couvertures, le bras, ses doigts à l'intérieur de ma paume, se réchauffait, même s'il n'était pas encore à la température de mon corps, et j'éprouvais un sentiment de paix.

« Tu dors ?

– Non, me répondit le bras.

– Comme tu ne bougeais pas, je croyais que tu dormais. »

J'ouvris mon yukata, le déposai sur ma poitrine. Il s'imprégna de ma chaleur. En cette nuit apparemment lourde, mais froide au fond, la sensation du bras sur ma peau m'était agréable.

Toutes les lumières de la chambre étaient restées allumées. J'avais oublié de les éteindre au moment de nous mettre au lit.

« C'est vrai, la lumière... »

Lorsque je me relevai, le bras tomba.

« Ah ! »

Je le ramassai.

« Tu veux bien éteindre la lumière ? »

Et j'ajoutai, en marchant vers la porte :

« Tu dors dans le noir ou avec la lumière ?

– ... »

Le bras ne me répondit pas. Il devait bien le

savoir, alors pourquoi ne répondait-il pas ? Je ne connaissais pas les habitudes nocturnes de la fille. J'essayai de me l'imaginer dormant avec la lumière, puis dans l'obscurité. Cette nuit, puisqu'elle avait perdu son bras, la fille avait dû laisser allumé. Je regrettai soudain d'avoir voulu éteindre. J'aurais préféré continuer à l'observer. J'aurais préféré rester éveillé pour regarder dormir le bras. Mais il tendait déjà ses doigts afin d'appuyer sur le bouton électrique près de l'entrée.

Je retournai vers le lit et me couchai dans l'obscurité. J'allongeai le bras près de ma poitrine. Immobile, je ne disais rien, attendant qu'il s'endorme. Il avait posé sa paume sur mon flanc, et peut-être attendait-il quelque chose ou avait-il peur dans le noir, car bientôt il entreprit de faire progresser ses cinq doigts vers ma poitrine. Et le coude se pliant de lui-même, il vint m'enlacer.

Il palpitait d'une charmante manière. Son poignet était sur mon cœur et son pouls faisait écho à mes pulsations. Les siennes étaient un peu plus lentes, mais bientôt elles se superposèrent parfaitement aux battements de mon cœur. Je ne percevais plus que mes propres pulsations. Je ne savais plus lesquelles étaient les plus rapides ou les plus lentes.

La correspondance de ses pulsations avec les battements de mon cœur venait peut-être de cette courte période de temps dont nous disposions pour essayer d'échanger nos bras. Non, n'était-ce pas plutôt le signe que le bras était en train de s'endormir ? J'avais entendu dire que les femmes se prétendaient plus heureuses de dormir paisiblement auprès d'un homme que d'être emportées par la jouissance, mais aucune ne s'était jamais tranquillement endormie à mes côtés comme le bras de la fille.

J'avais conscience des battements de mon propre cœur parce que son poignet palpitant était posé sur moi. D'un battement l'autre, j'avais l'impression d'aller très loin, à toute vitesse, et de revenir aussi vite. Au fur et à mesure que je continuais à écouter ainsi mes pulsations, la distance paraissait s'accroître. Et j'avais beau aller le plus loin possible, jusqu'à l'infini, il n'y avait rien au bout. Je ne revenais pas après avoir atteint quelque chose, c'était le battement suivant qui me rappelait brusquement. J'aurais dû avoir peur, mais non. Je tâtonnai néanmoins à la recherche de l'interrupteur de la lampe de chevet.

Mais avant d'allumer, je soulevai discrètement la couverture. Le bras dormait, sans rien savoir. Mon torse à découvert était éclairé d'une pâle et douce lumière blanche. On aurait dit qu'elle émanait de ma poitrine, qu'elle précédait le lever d'un petit soleil tiède au-dessus de moi.

J'allumai. J'éloignai le bras de mon torse et, une main à la naissance du bras, l'autre sur les doigts, l'étirai. La faible lueur des cinq lampes adoucissait la déferlante de la rondeur du bras et la trace lumineuse. Faisant tourner doucement le bras sur lui-même, je ne me lassai pas d'observer le chatoiement de la lumière, sur la rondeur de l'épaule s'amincissant avant l'épaisseur du bras, qui s'amincissait avant la jolie pointe du coude et la légère dépression à l'intérieur de l'articulation, puis sur la rondeur qui s'amincissait encore vers le poignet et les doigts, sur le dos et l'intérieur de la main.

Je ne m'entendis même pas murmurer :

« Je le prends. »

Et, dans un état second, je ne me rendis pas compte que je détachais mon propre bras au niveau de l'épaule pour le remplacer par celui de la fille.

« Aah. »

Il y eut un petit cri, je n'ai jamais su si c'était moi ou la voix du bras, un frisson soudain me secoua l'épaule, et je sus que mon bras droit avait été remplacé.

Le bras de la fille, le mien en l'occurrence, saisissait l'air convulsivement. Je le pliai et l'approchai de ma bouche en questionnant :

« Tu as mal ? Tu souffres ?

– Non. Ce n'est pas ça. Ce n'est pas ça, tu sais », me dit-il très vite, d'une voix entrecoupée, et aussitôt un spasme me traversa comme un éclair. Ses doigts étaient dans ma bouche.

« ... »

Qu'avais-je dit à propos du plaisir ? Je n'ai pas de mots pour décrire ce que j'éprouvai au moment où ses doigts effleurèrent ma langue.

« Tu peux », répondit le bras. Ses tremblements, bien sûr, avaient cessé.

« C'est ce qu'on m'a dit, mais... »

Je réalisai soudain que ma bouche était sensible aux caresses des doigts de la fille, mais que ceux-ci, c'est-à-dire les doigts de mon bras droit, ne sentaient ni mes dents ni mes lèvres. Je secouai précipitamment mon bras, mais ne sentis rien. Au bout de mon épaule, à la naissance du bras, il y avait une interruption, il y avait rejet.

« Le sang ne passe pas, laissai-je échapper. Il passe ? Il ne passe pas ? »

La peur me prit. J'étais assis sur le lit. Mon bras était tombé sur le côté. Je le vis. Mon propre bras, à distance, n'était pas beau à voir. Pire encore, la circulation du sang n'y était-elle pas interrompue ? Le bras de la fille palpitait, tiède, tandis que le mien donnait l'impression de se raidir en refroidissant. Je le pris, à l'aide du bras soudé à mon épaule. Je le tenais, mais ne le sentais pas.

« La circulation se fait ? demandai-je au bras. Il n'est pas froid ?

– Un peu... Un tout petit peu plus que le mien, me répondit-il, c'est parce que j'ai chaud. »

Le bras de la fille s'exprimait comme une femme. Mes oreilles venaient de le remarquer pour la première fois, maintenant que, fixé à mon épaule, il me tenait lieu de bras droit.

« La circulation n'est pas interrompue, n'est-ce pas ? insistai-je.

– C'est agaçant, à la fin. Tu ne me crois pas ?...

– Qui dois-je croire ?

– Nous avons bien échangé nos bras ?

– Oui, mais est-ce que le sang circule ?

– Tu connais ça : “Femme, qui cherches-tu ?”

– Oui. “Femme, pourquoi pleures-tu ? Qui cherches-tu ?”

– La nuit, quand un rêve me tire du sommeil, j'entends souvent murmurer ces mots. »

Celle qui maintenant s'exprimait à la première personne était sans aucun doute la propriétaire de cet adorable bras fixé à mon épaule. Je commençais à comprendre en quoi ces paroles de la Bible étaient universelles.

« J'espère que tu ne feras pas de cauchemars qui t'empêcheront de dormir..., commençai-je, dehors il y a une brume à faire vagabonder les démons. Mais avec l'humidité, tout démons qu'ils soient, ils pourraient bien éternuer.

– J'espère ne pas avoir à les entendre... »

Le bras droit de la fille, tenant toujours mon bras, me boucha l'oreille.

Son bras, mon bras en fait, faisait bouger le mien, et j'avais l'impression que ce n'était pas moi qui agissais, mais elle. La séparation n'était cependant pas si nette qu'elle me permît de l'affirmer.

« La circulation, le pouls... »

Mon oreille percevait le pouls de mon bras. Elle avait levé son bras de manière que mon poignet fût tout contre. Il était à la température du corps. Comme elle l'avait dit, il était seulement un tout petit peu plus froid que mon oreille ou ses doigts.

« Je vais te protéger contre les démons... »

me dit-elle malicieusement en grattant légèrement l'intérieur de mon oreille avec l'ongle long et fin de son petit doigt. Je secouai la tête pour essayer de lui échapper. Ma vraie main, la gauche, attrapa mon poignet droit, le sien en fait. Et comme j'avais détourné la tête, son petit doigt m'arriva dans l'œil.

Les quatre doigts de sa main tenaient mon bras détaché. Son petit doigt, comme si elle voulait le laisser libre de s'amuser, était tendu vers le dos de sa main et l'extrémité de son ongle effleurait mon bras. Elle le redressait d'une manière incroyable pour moi dont les mains étaient si raides, comme seuls peuvent le faire les doigts souples d'une jeune fille. La première phalange formait un angle droit avec le reste de la main. La phalange suivante formait elle aussi un angle droit, et celle d'après également. Ainsi le petit doigt délimitait-il un carré. L'un des côtés de ce carré était formé par l'annulaire.

Cette fenêtre carrée était arrivée à hauteur de mes yeux. L'espace délimité était trop petit pour une fenêtre, tout au plus aurait-on pu le comparer à une lucarne ou une lunette, mais je ne sais pourquoi il me faisait penser à une fenêtre. Une fenêtre par laquelle une violette aurait pu regarder dehors. J'approchai l'œil du cadre de la fenêtre ou de l'oculaire de la lunette formé par le petit doigt si blanc qu'il en émanait une vague lueur. Je fermai l'autre œil.

« Un dispositif pour épier ? questionna le bras. Tu vois quelque chose ?

– Ma vieille chambre dans la pénombre, à la lumière des cinq lampes... »

Je n'eus pas le temps de terminer que je m'exclamai :

« Non, c'est faux. Je vois...

– Que vois-tu ?

– Rien.

– Qu'as-tu vu ?

– Une couleur. Un halo mauve, noyé dans la brume... Et dans ce violet pâle, une multitude de minuscules anneaux rouge et or tourbillonnants.

– Tu es fatigué, tu sais. »

Le bras de la fille déposa mon bras droit sur le lit avant de me masser doucement les paupières du bout de ses doigts.

« Ces minuscules anneaux rouge et or, tournaient-ils comme un engrenage ?... Et dans cet engrenage, as-tu vu quelque chose clignoter ?... »

Je ne savais pas si j'avais vu ou cru voir un engrenage ou quoi que ce soit à l'intérieur d'un engrenage, c'était une vision fugitive qui n'avait pas eu le temps de se graver dans ma mémoire. Comme je ne m'en souvenais pas, je lui dis :

« Que voulais-tu me montrer ?

– Rien. Je suis venue effacer tes visions.

– Celles des jours passés, tu veux dire, les rêves et la solitude... »

Les doigts et la paume de la main de la fille s'arrêtèrent de bouger sur mes paupières.

« Quand tu détaches tes cheveux, sont-ils suffisamment longs pour tomber sur tes épaules et tes bras ? questionnai-je, et je fus le premier surpris par cette question inattendue.

– Oui, répondit le bras de la fille, quand je les lave, au bain, j'utilise de l'eau chaude, mais j'ai l'habitude à la fin de les rincer longuement à l'eau fraîche, jusqu'à ce qu'ils soient bien froids. J'aime quand ces cheveux froids retombent sur mes épaules et me caressent les bras et la poitrine. »

Bien sûr, il s'agissait de sa poitrine à elle. Comment le bras aurait-il pu parler de la sensation froide et humide de ses cheveux lavés, alors que la fille n'avait probablement jamais offert sa poitrine aux caresses d'un homme ? En s'éloignant d'elle, le bras avait-il aussi perdu sa réserve et sa pudeur de jeune fille ?

J'entourai furtivement de ma main gauche

l'adorable rondeur de la naissance du bras droit de la fille, le mien maintenant. Je crus posséder à l'intérieur de ma main la rondeur encore naissante de sa poitrine. L'arrondi de l'épaule devenait aussi souple que celui de ses seins.

Pendant ce temps-là, la main de la fille était toujours posée avec légèreté sur mes yeux. Sa paume et ses doigts adhéraient gentiment à mes paupières, et leur pression se faisait insistante. L'arrière de mes paupières en était tiède et moite. Cette moiteur chaude s'étendait à mes globes oculaires.

« Le sang circule, dis-je tranquillement, le sang circule. »

Je n'eus pas un cri de surprise comme au moment où je m'étais rendu compte que mon bras avait été remplacé par celui de la fille. Mon épaule et le bras n'étaient plus secoués de spasmes ni de frissons. A mon insu, mon sang s'était mis à couler dans le bras, tandis que celui du bras avait investi mon corps. Quand avait donc disparu cette sensation d'interruption et de rejet au point d'attache du bras ? Voici que le sang d'une femme pure coulait réellement dans mon corps mais, maintenant que mon sang d'homme impur était entré dans le bras, n'allait-il pas provoquer une réaction quand celui-ci retrouverait son épaule d'origine ?

« Il ne me trahira pas, murmurai-je.

– Bien sûr que non », chuchota le bras.

Mais je ne sentais pas le sang se mélanger dans mon épaule ni dans le bras, pas plus que je ne le sentais circuler. La paume de ma main gauche qui enveloppait mon épaule droite ainsi que l'arrondi de l'épaule de la fille qui formait mon épaule droite savaient instinctivement cela. Le bras et moi avions fini par le savoir à notre tour. Et cela nous entraînait vers un sommeil enivrant qui nous plongea dans le ravissement.

Je dormis.

La brume s'élevait, mauve, et je flottais sur une déferlante qui roulait tranquillement. Sur cette immense vague, seul l'endroit où flottait mon corps scintillait d'un clapotis vert pâle. Ma chambre sombre et humide de solitude avait disparu. J'avais l'impression que ma main gauche s'était posée légèrement sur le bras droit de la fille. Ses doigts semblaient serrer les étamines des fleurs de magnolia. Je les sentais, à défaut de les voir. Je les avais jetées dans la corbeille à papier, alors quand et comment les avait-il récupérées ? Et pourquoi les étamines étaient-elles tombées alors que les pétales blancs avaient tenu toute la journée ? La voiture de la jeune femme en robe vermillon glissait doucement en décrivant un grand cercle dont j'étais le centre. Elle semblait veiller à la sécurité de notre sommeil.

Mon sommeil devait être léger, mais je n'en avais jamais expérimenté d'aussi doux et tiède. Moi qui avais l'habitude de me tourner et me retourner longtemps dans mon lit à cause de mes difficultés à m'endormir, je n'avais jamais été ainsi visité par le sommeil, à la manière d'un petit enfant.

Je m'enfonçais de plus en plus dans la torpeur, sous la légère sensation des ongles longs et fins de la fille grattant délicatement l'intérieur de ma paume. Je n'étais plus là.

« Aah. »

Mon propre cri me réveilla en sursaut. Je bondis hors du lit, fis quelques pas en titubant.

J'avais été brusquement tiré du sommeil par une sensation bizarre sur mon flanc droit. C'était mon bras.

Essayant de tenir sur mes jambes chancelantes, je regardai mon bras droit abandonné sur le lit. A l'instant où mes yeux l'aperçurent, ma respiration s'arrêta, mon sang ne fit qu'un tour, et un frisson me parcourut le corps. L'instant d'après, j'arrachai le bras de la fille de mon épaule et le remplaçai par mon propre bras droit. Ce fut comme un crime commis par un démon.

Je m'agenouillai devant le lit, y appuyai le torse, et frottai à l'endroit de mon cœur qui battait la chamade avec la main de mon bras droit que je venais tout juste de remettre. Au fur et à mesure que mon cœur se calmait, une tristesse insondable remontait du plus profond de moi.

« Le bras de la fille ?... »

Je m'étais redressé.

Le bras de la fille avait été repoussé au bord du lit. Il gisait, paume ouverte vers le ciel, au milieu du fouillis des couvertures rejetées. Les doigts étirés ne bougeaient plus. Ils luisaient faiblement dans la pénombre.

« Aah. »

Je me précipitai pour le ramasser, le serrai très fort sur mon cœur. L'embrassai comme un enfant chéri dont la vie se glace. Pris ses doigts entre mes lèvres. Si jamais les larmes de la femme perlaient à l'extrémité des doigts de la fille, sous les ongles qu'elle avait laissés pousser...

La beauté, tôt vouée à se défaire

Takiko et Tsutako s'étaient endormies l'une à côté de l'autre sous la moustiquaire sans savoir qu'elles allaient être assassinées. Au moins ne se seront-elles pas réveillées complètement... Il se trouve que Saburo Yamabe, leur agresseur, qui fut condamné à la réclusion à perpétuité, est mort lui aussi en prison il y a deux ans, et maintenant, cinq ans après les faits, au lieu de m'inspirer une stupide sensation de néant, cette histoire exercerait plutôt sur moi une sorte d'attirance physique. C'est moi qui ai recueilli les cendres, j'étais là pour entendre l'énorme bruit de la flamme de l'incinérateur au funérarium, et leur jeunesse, finalement, ne m'a jamais quitté. Si je n'y prends pas garde, il m'arrive encore de laisser vagabonder mes pensées et de vouloir saisir ce qui surgit alors devant mes yeux.

A l'époque, comme le mobile du crime était

insignifiant, le président du tribunal avait requis une expertise psychiatrique du prévenu. Il en résulta que Saburo Yamabe était un maniaque. De plus, après le premier coup de couteau porté à la poitrine de Takiko, tout s'était déroulé pour lui dans un état de confusion extrême. Mais si l'on considère cette expertise, on ne peut pas croire, au vu de sa condamnation à perpétuité, qu'elle ait allégé sa peine. Quant à la réalité, l'expertise comme l'enquête n'ont rien révélé qui aurait pu permettre d'affirmer que Saburo était un maniaque. Le mobile du crime n'était sans doute pas très éloigné d'une simple plaisanterie.

Saburo avait reconnu franchement le crime et refusé d'être jugé par un jury. C'est pour cette raison qu'il n'y avait pas eu de jurés au procès, et à supposer que je fusse allé me présenter comme tel devant la cour, j'aurais été tenté de formuler à peu près l'explication suivante :

« Dans la mesure où l'on ne décèle dans la structure psychologique du prévenu rien de suffisamment pathologique pour le pousser au meurtre, je pense que la faute de ce Saburo Yamabe est plus légère que celle de beaucoup de criminels reconnus non coupables du fait de leur état pathologique. A condition de considérer le code pénal d'un autre point de vue. »

Penser qu'un crime commis dans un état de folie est infiniment plus grave que celui dont l'auteur est sain d'esprit est une preuve de lucidité. Du moins en étais-je persuadé à l'époque. Bien sûr, si l'on va jusqu'au bout de l'idée selon laquelle la limite entre folie et raison est floue, on en arrive à la conclusion qu'il n'y a ni folie ni raison. De la même manière que tout en ce monde n'est que hasard et nécessité. Finalement, le problème n'est pas résolu tant que la nécessité et le hasard ne se rejoignent pas. Mais quand on y réfléchit ainsi, comme on ne peut pas juger de cela devant un tribunal, je ne pense pas que j'aurais soulevé une quelconque objection à la condamnation à perpétuité de Saburo Yamabe. La tâche des officiers de justice se termine sans doute là.

La tâche du romancier, en revanche, ne commence-t-elle pas à peu près là où se termine celle des officiers de justice ?

« Quelle prétention ! »

Tant qu'il existe des gens de ce type, nos œuvres ne peuvent probablement pas offrir une surface solide. Tout ce qui pourrait avoir du sens ou de la prétention n'est probablement rien d'autre qu'un simple divertissement sentimental. Dans le cas de Saburo Yamabe, il apparaît que les juges n'ont reconnu que l'intervention d'un hasard psychologique quelque peu inhabituel pour expliquer le crime, mais dans le cas de mon roman, il ne doit pas être très difficile de suivre à travers sa psychologie la piste qui l'a mené au crime gratuit. Si j'essayais d'écrire, je me demande ce qui, de ma description la plus élaborée ou de la déposition la plus brute de Saburo, serait le plus proche de la réalité.

C'est le cas en ce qui concerne la mort de Takiko et Tsutako. Elles sont mortes tellement bêtement que ma femme a dit dans un soupir :

« L'être humain est fragile, n'est-ce pas ?

– C'est complètement fou, ai-je renchéri. Il m'est arrivé parfois de me demander laquelle serait la meilleure amante.

– Si vous étiez tombés malades, toi ou elles, nous aurions eu l'occasion de nous expliquer, n'est-ce pas ? Malheureusement pour toi, elles ont toujours été en bonne santé toutes les deux.

– Oui, mais je les surveillais de près. Je me demandais si avec un corps pareil elles ne recelaient pas quelque maladie cachée, surtout Tsutako.

– La maladie appelée littérature sans doute. Mais que l'on soit de la graine d'écrivain ou apprentie coiffeuse, quand on est tué ça ne change pas grand-chose.

– Je me demande si, au cas où elles se seraient mariées, leur corps n'aurait pas été sujet à toutes sortes de maladies.

– C'est parce que tu les as vues mortes que tu as cette impression. Moi, je me demande encore comment j'ai pu avoir la bêtise de m'occuper d'elles, si peu que ce soit. C'est idiot, tu ne crois pas ?

– A la réflexion, j'ai dû être assez prétentieux.

– Oui. Je me disais que si je mourais, elles seraient les premières à en pâtir, et ça me tracassait tellement que je ne pouvais même pas me suicider... C'est bizarre comme les choses ont tourné, n'est-ce pas ?

– Oui, vraiment bizarre. Si j'entretenais une autre fille, je ne pourrais plus réfléchir sérieusement au sort de Takiko et de son amie, et ce serait malheureux. De son côté, la nouvelle serait bien obligée d'accepter ma femme, mais de là à supporter les deux autres, ce serait difficile. Et pourtant, il n'est pas dit que j'aie été amoureux d'elles... J'ai même pensé qu'elles ne me méritaient pas, mais ce n'était pas vrai.

– Dis-moi, tu n'aurais pas pris un coup de vieux par hasard ?

– Ne dis pas de choses désagréables.

– C'est idiot pour toi, tu ne trouves pas, d'attacher une telle importance à des jeunes personnes tuées aussi bêtement ?

– C'est vraiment comme dans un rêve, et je me demande si témoigner trop de respect à l'égard des autres est une bonne chose. Ce n'est peut-être qu'une manifestation d'arrogance.

– Tu ne changerais pas au point de modifier ta conduite en décidant brusquement d'épargner, n'est-ce pas ? Mais suppose qu'elles soient tombées malades et qu'il ait fallu les hospitaliser, les difficultés financières auraient fait que, même si elles étaient mortes, la tristesse ne t'aurait pas empêché de regretter de ne pas avoir épargné.

– Hmm. »

J'étais admiratif de voir ma femme établir un lien avec l'épargne d'une manière aussi inattendue, mais soigner un malade, même s'il devait finalement mourir, pouvait peut-être à la longue donner confiance en l'avenir ?

Cependant, cinq ans après, dans mon souvenir, je ne peux m'empêcher de ressentir que ces femmes demeurent en moi beaucoup plus vivantes, alors que leur mort, qui n'a rien d'une plaisanterie, est loin d'avoir la beauté que leur auraient donnée plusieurs jours d'agonie. Là aussi on dirait que se trouve le secret de la vie, si difficile à exprimer avec des phrases.

Il est évident que l'auteur que je suis ne craint pas de s'aventurer dans les aveux de Saburo. Ce ne sont pas le scepticisme ni les velléités de l'écrivain qui me poussent à éprouver un certain respect pour ses aveux, mais sans doute mon attachement pour Takiko et Tsutako. Puisqu'il n'avait aucune raison de les tuer, pas plus qu'elles n'avaient de raison de se faire tuer par lui, je me demande si je n'ai pas envie de considérer ce crime comme un acte unique, sans lien avec sa vie, qui ne correspond pas à sa vie, apparu soudain dans l'espace, comme une fleur solitaire sans feuilles et sans racines, une lumière immatérielle. C'est certainement encore une manière d'idéaliser ces jeunes femmes, et sans doute également un effet de ma jalousie envers Saburo Yamabe qui a porté la main sur elles. Si j'estime que ses aveux sont plus proches de la vérité que les élucubrations d'un romancier, c'est peut-être parce que ma méchanceté s'en mêle en disant que c'était bien fait pour lui, car quelqu'un pourrait-il agrémenter d'ornements littéraires la psychologie de son crime sans connaître les raisons profondes de son acte ?

Ce qui se vérifie dans les faits à la lecture du rapport d'audition de l'expert :

« De quelle manière Takiko et Tsutako dormaient-elles ?

– Comme la moustiquaire était installée, j'ai tiré sur l'attache qui s'est rompue, mais ça ne les a pas réveillées. Je me suis alors glissé dessous, et je ne sais plus si je leur ai adressé ou non la parole, mais je me suis agenouillé, me plaçant à califourchon sur Takiko qui dormait, et j'avais un couteau dans la main droite lorsque de la main gauche je l'ai secouée par l'épaule pour la réveiller, et c'est alors qu'en ouvrant les yeux elle m'a vu et s'est redressée à cause de la surprise. J'ai senti la pointe de mon couteau toucher sa poitrine.

– Takiko n'était pas couverte ?

– Je ne crois pas. Elle était allongée sur le dos, le corps bien droit. Elle devait avoir un kimono. Quand je l'ai secouée pour la réveiller, elle s'est redressée, surprise, et moi aussi j'ai eu peur sur le coup, j'ai senti quelque chose, il m'a semblé que Takiko se pressait la poitrine en disant qu'elle avait mal, et c'est quand j'ai vu le sang qui giclait tacher son kimono que j'ai compris. Zut ! que je me suis dit alors, et pour vous dire la vérité, je ne sais pas très bien ce qui s'est passé après. Pourtant, je ne crois pas non plus que je n'en sache rien du tout, et si vous me dites que les choses se sont passées d'une certaine façon, j'aurai l'impression que c'est le cas, je ne pourrai absolument pas vous affirmer le contraire. Même si j'ai cru lui avoir serré le cou avec mes mains, les officiers de police parlent de je ne sais quelle corde, serviette ou ceinture que j'aurais enroulée autour de ma tête, et je ne peux pas dire que ça ne m'arrive pas de faire ce genre de chose, mais je ne suis pas capable non plus de vous expliquer clairement comment j'ai fait. Ensuite, il paraît que je serais descendu une fois et qu'en réalité la ceinture était en bas, d'ailleurs je me rappelle encore avoir vu cette ceinture en bas, mais comme il est établi qu'elle était à l'étage, et comme personne ne serait monté pour me l'apporter si je n'étais pas descendu, je pense que j'ai dû effectivement descendre.

– Et le fait que Tsutako qui dormait à côté de Takiko se serait réveillée et vous aurait aperçu ?

– Je me rappelle qu'elle s'est réveillée, qu'elle a voulu se redresser et qu'elle m'a jeté un coup d'œil.

– Alors de quelle manière avez-vous étranglé Tsutako ?

– Maintenant que j'y réfléchis, je ne sais pas

trop jusqu'à quel point je me souviens vraiment de ce qui s'est passé à ce moment-là, car au moment de l'enquête ce sont plutôt les policiers qui me l'ont soufflé, et maintenant je ne sais plus laquelle des deux versions j'ai en tête parce que je ne suis plus capable de faire la différence entre les deux, mais il paraît que le rapport dit que j'ai fait une boucle à une extrémité de la ceinture, que j'ai glissé l'autre extrémité autour de son cou et que j'ai placé le pied à l'intérieur de cette boucle afin d'avoir plus de force pour l'étrangler, mais je ne sais pas très bien comment ça s'est vraiment passé. La seule chose, c'est que cette ceinture était en bas, et je me rappelle que lorsque j'ai déposé mes chaussures dans l'entrée de terre battue, elle était là ; alors, puisque je ne l'ai pas emportée la première fois que je suis monté à l'étage, entre le moment où j'ai étranglé Takiko et celui où j'ai étranglé Tsutako, je pense finalement que j'ai certainement dû descendre une fois.

– Dans ce cas, est-ce que vous voulez dire que vous n'avez plus vraiment le souvenir du moment où vous avez étranglé Tsutako ?

– De toute façon, à la police on m'a tellement dit que j'avais dû faire ceci ou cela, et puis avec l'instruction et l'enquête du parquet, il a fallu que je répète je ne sais combien de fois la même chose, alors maintenant c'est si bien ancré dans ma tête que s'il faut que je le répète encore, je peux le dire autant de fois que vous le voulez, mais ce qui s'est vraiment passé, j'aurais beau vouloir être franc, je ne pourrais pas le dire. Comme j'étais résigné à l'avance, au poste de police, comme je viens de vous le dire, j'ai fini par me persuader que c'était moi qui l'avais fait, et à l'instruction comme à l'audience, j'ai tout reconnu. De toute façon, puisqu'il n'y a pas d'erreur, que c'est bien moi qui ai tué, il n'y a pas de raison pour que je dise que je ne sais rien, et comme j'ai l'intention de me soumettre au verdict quel qu'il soit, je ne veux pas m'obstiner en disant que je n'ai rien fait de tout ce que l'on me dira que j'ai fait. En plus, il faisait vraiment chaud au cours de la deuxième instruction, on m'a interrogé longuement, j'étais si fatigué et ça m'a tellement énervé que je m'en fichais de dire n'importe quoi, alors pour que ça se termine plus vite j'ai dit exactement la même chose que monsieur le juge.

– Je vous pose encore une fois la question, lorsque Tsutako s'est réveillée et que, découvrant avec surprise la blessure de Takiko, elle vous a regardé, vous avez pensé que ce serait ennuyeux qu'elle se mette à crier, alors vous l'avez bâillonnée, avant de lui lier les bras, la laissant là pour ensuite étrangler Takiko. C'est ce qui est écrit dans le procès-verbal, est-ce que ça s'est bien passé comme ça ?

– Quand les policiers m'ont interrogé, ils m'ont dit que d'après la position des cadavres, il fallait absolument que ça se soit passé comme ça, alors c'est ce que j'ai dit, mais en réalité je ne sais pas. Je ne peux pas non plus affirmer que ça ne s'est pas passé comme ça.

– Un expert ne peut pas faire son expertise si on ne lui dit pas franchement ce dont on se souvient ou ce dont on ne se souvient pas.

– Pour vous dire la vérité, lorsque je me suis rendu compte de quelque chose, il faisait clair derrière les fenêtres, des gens marchaient dehors, si bien que je me suis levé. Il m'a semblé alors que je m'étais endormi à côté des deux cadavres. »

Ensuite, pour faire croire qu'il s'agissait d'un cambriolage, Saburo avait pris l'argent dans leur porte-monnaie et déchiré le maillot de bain de Tsutako et la culotte de Takiko, mais :

« Que s'est-il passé avec la montre citée dans le procès-verbal de l'instruction ?

– Comme les policiers m'ont demandé pourquoi je n'avais pas emporté la montre, et que je ne m'étais même pas rendu compte qu'il y en avait une, au début j'ai répondu que je ne savais pas, ils m'ont traité de menteur et m'ont dit que je l'avais sans doute laissée parce qu'elle était tachée de sang, alors j'ai cru que c'était une montre rouge, et comme cette montre rouge flottait dans ma tête, j'ai reconnu qu'il n'y avait pas de contradiction avec ce qu'ils disaient, et puis à l'instruction, comme on n'en finissait pas de me harceler de questions à propos de cette montre, j'en ai eu vraiment assez, je me suis dit que tout ça n'avait aucune importance, et j'ai décidé de déclarer la même chose qu'avant, mais en réalité, maintenant je ne sais plus très bien si j'ai remarqué ou non cette montre rouge à ce moment-là.

– Vers quelle heure avez-vous quitté la maison ?

– Il pleuvait. Il faisait jour. »

(Ayant été moi aussi convoqué en tant que témoin dans cette affaire criminelle, j'ai eu l'occasion de consulter ensuite le dossier de procédure et de copier certains passages du procès-verbal.) Si l'échange avec l'expert ci-dessus est authentique, on comprend que les aveux à la police, au parquet, pendant l'instruction ou en salle d'audience, c'est-à-dire la déposition claire et détaillée concernant la scène du crime, n'est qu'un roman élaboré par

Saburo Yamabe. De plus, les aveux aux experts abondent en réitérations telles que :

« Maintenant que j'y réfléchis, je ne sais pas trop jusqu'à quel point je me souviens vraiment de ce qui s'est passé à ce moment-là car, au moment de l'enquête, ce sont plutôt les officiers qui me l'ont soufflé, et maintenant je ne sais plus laquelle des deux versions j'ai en tête », ou :

« A la police, on m'a tellement dit que j'avais dû faire ceci ou cela, et puis avec l'instruction et l'enquête du parquet, il a fallu que je répète je ne sais combien de fois la même chose, alors maintenant c'est si bien ancré dans ma tête », et il est clair que le roman élaboré par Saburo est un attrape-nigaud. Les officiers de police et de justice sont également les auteurs de ce roman.

La vérité sur ce qui est arrivé, finalement, Saburo Yamabe non plus ne la connaît pas. Il n'y avait pas de témoins. Takiko et Tsutako sont mortes et ne peuvent plus parler. Et même si on leur avait sauvé la vie, dans la mesure où elles ont été assassinées dans leur demi-sommeil, elles auraient certainement eu de l'incident un souvenir encore plus confus que Saburo.

Ce Saburo a fini par mourir lui aussi en

prison, si bien qu'il ne reste plus que le dossier de procédure. Puisque ce que j'ai recopié de ce document concerne le rapport d'audition, quand je le lis à mon tour j'adopte tout naturellement la formule question/réponse :

« Pourquoi as-tu recopié ça ? Tu ne le regrettes pas maintenant ? Mieux vaudrait le brûler tout de suite, non ?

– Je crois que c'est parce qu'à l'époque j'avais l'impression qu'il fallait ajouter foi à ce document.

– Mais maintenant, ça te gêne plutôt pour te souvenir de Takiko ou Tsutako, n'est-ce pas ?

– C'est vrai. Quand j'essaie de le lire, ça me paraît très cru, et j'ai envie de le laisser de côté, comme un type qui aurait écrit son journal n'importe comment sans rien comprendre à la vie. Les aveux de Saburo Yamabe ne sont que vantardise, je trouve.

– Pourtant il n'est pas aussi tordu qu'on pourrait le penser.

– Sans doute que non. Tout en étant touchée à la poitrine, Takiko s'était coupé le doigt en voulant attraper le couteau (*monsieur Saburo, que se passe-t-il ? Je me suis coupé le doigt parce que vous tenez une lame, voyez-vous*) et, obnubilée par la blessure à son doigt, elle ne s'était pas encore aperçue qu'elle avait été poignardée, tandis que Tsutako, ouvrant les yeux à ce moment-là (*monsieur Saburo, vous m'avez fait peur, vous savez. J'ai envie de dormir, alors je dors*), n'avait fait que se retourner dans son sommeil avant de se rendormir, et toutes les deux s'étaient laissé tuer facilement, sans crier ni opposer la moindre résistance... Je pense que ces aveux de Saburo montrent son attachement à la vie, même s'il acceptait l'idée d'une condamnation à mort.

– C'est sans doute ton amour pour les filles qui te fait réagir ainsi.

– C'est encore plus grotesque lorsque l'énergie vitale de quelqu'un vient d'un passé révolu peser sur le présent. C'est une étrangeté de la nature que les morts ne ressuscitent pas.

– Le passé peut-il vraiment disparaître à jamais ?

– Il me semble surtout que le malheur des hommes a commencé à partir du moment où ils ont appris à le conserver artificiellement.

– Parce que quelqu'un s'est permis d'intervenir en tuant bêtement des filles que tu te réjouissais de t'approprier, tu n'oses pas imaginer le pire, c'est ça ? Et tu crois que la réclusion de Saburo Yamabe est un moyen de conserver artificiellement son passé de criminel. Si on ne l'avait pas questionné sur le crime, il aurait peut-être été heureux, vois-tu. C'est sans doute plus facile pour toi de lui pardonner que de le haïr, n'est-ce pas ? Parce que si elles avaient vécu toutes les deux, elles se seraient peut-être données à toi.

– Pas du tout. Tu sais bien qu'elles sont mortes. Ça ne sert à rien de faire comme si elles étaient vivantes. Toutes ces choses appartiennent au passé, je n'ai jamais réfléchi en me disant que, dans d'autres conditions, tout aurait pu se dérouler autrement.

– Tu ne te sens pas responsable du fait qu'elles aient été tuées aussi facilement ?

– Qu'est-ce que tu racontes ! Moi ?

– N'est-ce pas une manière de tuer qui te plairait ?

– Récemment, en lisant des extraits du dossier de procédure, je me suis surpris à regretter de ne pas avoir écrit mon journal à l'époque où je les fréquentais. Je me demandais où avaient bien pu disparaître toutes ces journées...

– Si tu l'avais fait, cela t'aurait gêné pour te souvenir de Takiko et Tsutako. Comme pour le dossier de procédure.

– Oui, certainement. Laisser l'oubli se faire est peut-être finalement la plus belle manière de se souvenir. Ce n'est pas très plaisant d'avoir à en passer par la façon dont elles ont été tuées pour se souvenir d'elles. Quand je pense que leur vie s'est terminée d'une manière aussi spectaculaire, je les déteste !

– Que sont devenues leurs lettres ?

– Je les ai. Mais je n'arrive pas à croire qu'elles expriment véritablement leur état d'esprit.

– Même si tu avais tenu ton journal, tu n'aurais certainement écrit que des mensonges. Et maintenant tu aurais sans doute oublié les avoir écrits.

– C'est la même chose que pour les aveux de Saburo Yamabe, tu sais. La vérité qui émanait du lieu du crime n'est plus de ce monde. Je me demande où elle a bien pu disparaître, comme le corps des filles. A moins que Saburo Yamabe lui-même, le principal intéressé, n'en étant pas certain, elle n'ait jamais existé, même au départ. L'expert a conclu au crime d'une personnalité hors norme à tendance psychotique perpétré dans un état second n'allant pas jusqu'à la perte de conscience, mais il se peut que le fait ait surgi comme ça, dans un monde éphémère.

– Voilà que ta fantaisie de romancier te reprend.

– Le prévenu lui aussi a débité tout un

roman. Là où il se rapproche le plus de la vérité, c'est sans doute quand il déclare dans le procès-verbal que lorsque les policiers lui suggèrent qu'il s'est comporté d'une certaine manière, non seulement il est incapable de le nier, mais ça finit par être « si bien ancré dans sa tête » qu'il a l'impression de l'avoir réellement fait.

– Je me demande ce qui se serait passé si les filles étaient restées en vie. Il y aurait peut-être encore eu une autre forme de mensonge.

– C'est vrai. Sachant qu'elles n'avaient aucune raison d'être tuées, il devenait évident que les filles n'avaient aucun rôle à jouer au cours du procès, si bien que les officiers de justice n'avaient plus qu'à enquêter sur la psychologie et le comportement de l'homme qui les avait tuées. Sans se préoccuper de la psychologie de celles qui avaient été tuées. Parce qu'on ne peut pas arrêter et emprisonner des morts, vois-tu. C'est comme si les filles s'étaient adaptées au roman que Saburo Yamabe avait écrit en collaboration avec les enquêteurs.

– Il paraît que l'autopsie a révélé qu'elles étaient toutes les deux vierges, c'est vrai ?

– Il était donc facile d'en déduire qu'il ne s'agissait pas d'une histoire d'amour et c'est pourquoi les officiers ne m'ont pas regardé d'un air mauvais, mais je me demande quel lien cela pouvait avoir avec la mort des filles. En tout cas, elles...

– Oui, elles dormaient bien. »

Là, tout en sachant qu'en l'occurrence l'art du romancier consiste à décrire le hasard comme un hasard afin que le lecteur pense qu'il s'agit d'une nécessité, n'est-ce pas parce que je suis un romancier sans valeur que je ne peux pas m'empêcher de vouloir proposer des pistes conduisant justement à une quelconque nécessité ? Tandis qu'au contraire cela m'arrange que la psychologie de celles qui ont été tuées disparaisse à l'insu de tous, car il me suffit alors de laisser courir mon imagination à leur sujet, d'ailleurs ce :

« Oui, elles dormaient bien », que je n'arrive pas à croire sans arrière-pensée, n'est-il pas un effet de mon caractère qui fait que je suis toujours incapable d'aimer les femmes telles qu'elles sont ?

Dans l'acte criminel commis par Saburo Yamabe, si l'on essaie d'utiliser le jargon psychiatrique pour faire retomber sur les filles qui ont été tuées une nécessité qui doit bien se trouver quelque part, il faut donner le beau rôle au sommeil.

Pour réfléchir là-dessus, j'ai vagabondé en

empruntant le plus possible des chemins détournés éloignés du centre de mes préoccupations et, afin de laisser la place à de vagues associations d'idées qui sont comme des émanations du but, j'ai commencé par sortir tous les livres de médecine et de psychologie qui se trouvaient dans ma bibliothèque pour y parcourir tout ce qui concernait le sommeil. Ce qui est surprenant, c'est que je ne pouvais pas m'empêcher de penser que c'était l'unique réponse à la mort de ces deux filles. Bientôt, j'ai même ouvert le « Zuimenbon » de l'*Abidatsuma kusharon*[1]. Mais je me suis retrouvé sous le charme de l'enseignement bouddhique, si bien que je suis vite revenu au dossier de procédure, car que serait-il advenu de la mort de Takiko et Tsutako si je m'étais laissé emporter vers un au-delà invisible et lointain ? Je crois néanmoins que si je n'avais pas recopié tout cela, elles m'auraient sans doute accompagné jusque dans ces lointaines rêveries.

Leurs funérailles bien sûr s'étaient déroulées selon le rite bouddhique, mais pouvait-on dire que j'étais un homme trop ordinaire pour

1. En sanskrit : *Abhidharmakośa-bhāṣya* ; en français : *Trésor de la doctrine approfondie,* l'un des livres de base du bouddhisme, en trente volumes, qui date du IVe siècle.

établir un lien de nécessité entre le sommeil qui les avait conduites à la mort et la théorie du sommeil bouddhique ? Non, car le roman élaboré par l'homme ordinaire qu'était Saburo Yamabe en collaboration avec les policiers créait peut-être un lien de nécessité à un niveau de pensée supérieur.

Tout d'abord, selon le rapport d'audition du commissaire, les aveux du criminel :

« Quand je suis monté à l'étage, la lumière était éteinte, mais comme la maison était vaguement éclairée par les lampadaires de la rue, j'ai bien vu qu'elles dormaient, Takiko vers la rue et Tsutako de l'autre côté, leur oreiller posé au nord. Je suis entré dans la pièce (*oh, debout !*) mais comme ça ne les a réveillées ni l'une ni l'autre, j'ai tiré sur la fixation de la moustiquaire dans le coin sud côté rue pour l'ouvrir, et comme elles ne se réveillaient toujours pas, je me suis glissé sous la moustiquaire, me suis planté entre elles deux et cette fois-ci j'ai crié (*debout !*). Cela ne les a toujours pas réveillées. Là, je me suis penché, à peu près au niveau de la poitrine, à califourchon au-dessus du corps de Takiko qui dormait sur le dos, j'avais un couteau dans la main droite, la lame orientée vers l'intérieur, et au moment où je la secouais de la main gauche pour la réveiller, Takiko s'est redressée en même temps que ses jambes jusqu'alors tendues se pliaient légèrement sur le côté, et comme elle a élevé la voix (*aah !*) j'ai voulu m'accroupir pour la bâillonner avec deux ou trois serviettes que j'avais apportées d'en bas. Je l'ai fait au moment même où elle se redressait, si bien que le couteau que j'avais à la main s'est enfoncé juste sous le sein. Vous pensez bien que je m'en suis aperçu moi aussi et que je l'ai retiré aussitôt, tandis que Takiko de son côté se réveillait, s'asseyait correctement (*monsieur Saburo, que faites-vous ?*) en appuyant sur sa poitrine comme si elle avait voulu rajuster le col de son kimono de nuit, et je me suis rendu compte qu'elle avait dû toucher la lame en se redressant, car son pouce saignait. Elle disait que sa blessure au pouce était plus douloureuse que celle de la poitrine. Alors j'ai tiré sur son col, et il me semble qu'elle s'est laissé faire, pour regarder la blessure légèrement béante, ce qui m'a affolé : si j'avais percé le cœur, on ne pourrait sans doute pas la sauver, alors je me suis demandé si ça ne serait pas mieux de la tuer vraiment avant de m'enfuir. Avec toute cette agitation, Tsutako a ouvert les yeux, mais voyant que c'était moi, elle s'est retournée de l'autre côté (*monsieur Saburo, qu'est-ce que vous faites ? J'ai sommeil, alors je dors*) et s'est rendormie sur-le-champ, mais j'ai pensé que ce serait ennuyeux qu'elle se réveille et se mette à crier, si bien que je l'ai bâillonnée avec les serviettes que j'avais apportées d'en bas, avant de lui bander les yeux avec l'essuie-mains qui était accroché au mur et de lui ligoter les poignets avec une ficelle qui se trouvait là, et elle était rassurée malgré tout parce qu'elle savait bien que c'était moi, alors elle a continué à dormir paisiblement sans rien dire. Après avoir fait ça, il va de soi que je suis revenu à Takiko, je l'ai attrapée par le col de son kimono de nuit que j'ai agrippé comme au judo, et après l'avoir lâchée parce qu'à force (*non, non, non, non !*) elle finissait par ne plus avoir de voix, j'ai entouré son cou de mes doigts et j'ai serré très fort. Elle était assise et j'étais derrière elle. Quand son corps s'est affaissé, j'ai pensé qu'elle devait avoir cessé de respirer, alors il me semble que j'ai passé une fois autour de son cou la ficelle qui se trouvait là, mais elle s'est rompue au moment où je serrais de toutes mes forces, alors j'ai ramassé une sorte de ceinture qui était à côté, que j'ai enroulée autour de son cou et que j'ai nouée serré. A ce moment-là, contrairement à l'orientation qu'elle avait au départ pour dormir, Takiko avait la tête au sud. Il me semble aussi que le nœud était sur le côté du cou. Ensuite, je suis revenu au chevet de Tsutako, il s'était écoulé deux heures tout au plus, je l'ai regardée et elle avait l'air de bien dormir, mais j'ai pensé qu'au point où j'en étais c'était inévitable et je suis descendu chercher une petite ceinture de sous-kimono et une corde de chanvre que j'ai attachée à l'extrémité de la ficelle dont je m'étais servi pour ligoter les poignets de Tsutako, afin de lui attacher les chevilles, car Takiko avait agité ses jambes lorsque je l'avais tuée. Puis j'ai formé une boucle avec l'une des extrémités de la ceinture dans laquelle j'ai glissé ma jambe droite, et après avoir passé la partie du milieu autour du cou de Tsutako j'ai serré l'autre extrémité dans ma main et me suis cambré au maximum en mettant toute ma force dans mes mains et mes pieds, et c'est ainsi que je l'ai étranglée. Pendant que je faisais tout ça, Tsutako n'a absolument rien dit. Comme elle avait cessé de respirer, j'ai noué la ceinture autour de son cou. Quand Tsutako est morte, je me suis rendu compte que je m'étais servi de mes genoux comme d'un oreiller et que lorsqu'elle avait voulu les repousser, la corde de chanvre qui ligotait ses jambes s'était rompue, je ne sais pas comment. »

Au procureur, pendant l'instruction comme

en salle d'audience, Saburo Yamabe a répété à peu de choses près ce qui était dans le rapport d'audition du commissaire ci-dessus, mais comme, dans le cas qui nous occupe, tout détail a son importance, je relève ici les quelques différences, à commencer par la fixation de la moustiquaire. Il a expliqué en effet, dans le rapport d'audition du procureur comme dans le rapport d'instruction et devant la cour :

« Là, j'ai eu l'idée de me déguiser en voleur pour faire peur à Takiko et Tsutako, alors j'ai enlevé mes vêtements et mon chapeau, j'ai enroulé une serviette autour de ma tête pour ne laisser que mes yeux à découvert et quand je suis arrivé à l'étage, mon couteau à la main, la porte coulissante était entrouverte, alors je suis entré pour voir comment la situation se présentait, et je les ai vues toutes les deux sous la moustiquaire, qui paraissaient dormir profondément, la tête au nord, alors là j'ai ouvert mon couteau et, le tenant entre mes dents par le milieu de la lame, j'ai attrapé la fixation avec la main gauche tout en agitant la moustiquaire pour que le bord effleure le visage des filles afin d'essayer de les réveiller (*debout !*), mais comme ça s'est détaché avant qu'elles aient pu se réveiller, j'ai pris dans ma main droite le couteau que j'avais à la bouche et je me suis glissé sous la moustiquaire. »

Ainsi ne l'avait-il pas détachée en tirant simplement dessus, comme il l'avait prétendu d'abord face au commissaire puis à l'expert-psychiatre.

Quant à la manière dont il avait poignardé Takiko, se trouvant au-dessus d'elle qui dormait allongée sur le dos, il s'était « agenouillé à califourchon » (à l'expert) ou « mis à califourchon en se penchant » (au commissaire) ou encore « mis à califourchon penché jusqu'à ce que ses genoux touchent les tatamis » (au procureur, à l'instruction ou à l'audience), bref Saburo s'était certainement placé dans cette position, avait enfoncé le couteau qu'il tenait de sa main droite dans la poitrine de Takiko pendant que de la main gauche posée sur son épaule il la secouait pour la réveiller, mais on ne sait pas trop si Saburo était à califourchon au-dessus de la poitrine, du ventre ou des hanches de Takiko ; une fois seulement il avait répondu au commissaire qu'il s'était « mis à califourchon en se penchant à peu près au niveau de la poitrine » en lui montrant la position, mais on aurait dit que ces mots lui avaient échappé malgré lui, qu'il n'en était pas très sûr. Cette position joue un rôle très important dans la survenue de ce meurtre, mais les déclarations à ce propos sont aléatoires.

« Je me suis mis à califourchon sur Takiko qui dormait sur le dos, penché de telle manière que l'un de mes genoux touche le sol, un couteau dans la main droite, la main gauche attrapant son épaule pour la secouer et à ce moment-là, alors que l'extrémité du couteau s'était approchée de quelques centimètres de sa poitrine, en même temps que de sa main gauche elle repoussait brusquement ma main gauche, elle a replié ses jambes qui ont cogné mes fesses, ce qui m'a projeté en avant et c'est alors que l'extrémité de la lame a touché sa poitrine. » (A l'instruction et à l'audience.)

« Je me suis penché à califourchon au-dessus du corps de Takiko qui dormait sur le dos, à peu près au niveau de sa poitrine, j'avais un couteau dans la main droite, la lame orientée vers l'intérieur, et quand je l'ai secouée de la main gauche pour la réveiller, Takiko s'est redressée en même temps que ses jambes, jusqu'alors tendues, se pliaient légèrement sur le côté, et comme elle a crié (*aah !*), j'ai voulu m'accroupir pour la bâillonner avec deux ou trois serviettes que j'avais apportées d'en bas. Je l'ai fait juste au moment où elle se redressait, si bien que le couteau que j'avais à la main s'est enfoncé sous le sein. » (Au commissaire.)

« Takiko dormait sur le dos, les jambes toutes droites. Quand elle s'est redressée, surprise, au moment où je la secouais pour la réveiller, j'ai senti une certaine résistance, alors je me suis redressé moi aussi, surpris, et il me semble qu'elle pressait sa poitrine en disant qu'elle avait mal et c'est quand j'ai vu le sang tacher son kimono que j'ai compris. » (A l'expert.)

Le prévenu n'a jamais essayé de cacher quoi que ce soit pour minimiser son crime. Pas plus qu'il n'a essayé de l'enjoliver en ayant recours à la fiction.

« Dans le rapport d'expertise du médecin légiste, il est écrit que la blessure à la poitrine par instrument tranchant a été infligée à Takiko après strangulation, alors que celle-ci était inconsciente, et que dans la mesure où cette blessure n'était pas de nature à entraîner la mort, on pouvait envisager que Takiko ait été étranglée avant d'être poignardée. Ce qui inciterait à croire que vous avez d'abord étranglé Takiko avant de la blesser avec votre couteau, qu'en pensez-vous ?

– Ce n'est pas du tout ça. Comme je l'ai déjà dit et répété plusieurs fois, j'étais surpris d'avoir blessé Takiko à la poitrine avec mon couteau, je croyais qu'on ne pourrait pas la sauver, alors j'ai pensé qu'il valait mieux la tuer et je l'ai étranglée. La blessure à la poitrine s'est produite avant la strangulation. Malgré ce que le médecin a écrit dans son rapport, je n'ai absolument pas blessé Takiko à la poitrine après l'avoir étranglée. Si ça s'était déroulé comme le dit le médecin, j'aurais dû poignarder aussi Tsutako. Comme il ne fait aucun doute que c'est moi qui ai tué Takiko et Tsutako, je suis prêt à accepter n'importe quel verdict, alors je ne vois pas pourquoi je mentirais maintenant en acquiesçant à ce que vous prétendez. Je vous dis franchement la réalité telle qu'elle est, mais la blessure à la poitrine de Takiko était tellement inattendue...

– Après votre forfait, nous nous sommes rendus sur les lieux, et nous avons constaté, en examinant les corps de Takiko et Tsutako, que les poignets de Tsutako étaient ligotés par deux serviettes, une corde de chanvre, et une ceinture de mousseline nouée serré. Deux autres serviettes avaient servi en outre à la bâillonner. Nous avons remarqué par-dessus le marché qu'on avait fortement serré autour de son cou une cordelette de coton, avec une ceinture de femme attachée à chaque extrémité. Par ailleurs, nous avons remarqué également une bande de tissu autour du cou de Takiko, nouée avec une ceinture de laine, alors n'est-ce pas ainsi que vous les avez tuées toutes les deux ?

– J'étais tellement énervé à ce moment-là que je ne savais plus ce que je faisais, alors il y a des moments que je ne me rappelle pas très bien, mais puisque vous êtes allé sur les lieux et que vous avez vu les corps, c'est certainement vous qui avez raison, monsieur le juge, il n'y a aucun doute, c'est moi qui les ai tuées toutes les deux. »

Mais dans le « Je vous dis franchement la réalité telle qu'elle est » de Saburo Yamabe, comme on le voit dans ses réponses au juge d'instruction et ses déclarations à l'expert-psychiatre, il devait sans doute y avoir beaucoup de points où « la réalité telle qu'elle est » était laissée à l'appréciation de chacun. L'autopsie, l'investigation des lieux, les preuves, les présomptions de l'interrogatoire avaient dû aussi pousser Saburo à mentir. Ses déclarations présentaient à chaque fois de légères différences, ce qui n'était peut-être rien d'autre que le reflet de la personnalité des nombreux enquêteurs qui le questionnaient. Quant aux divers comptes rendus de ses déclarations, il suffisait que le sens y soit, si bien qu'ils étaient sans doute réduits à un simple synopsis de pièce de théâtre, ayant perdu la plupart des expressions et des sentiments cachés derrière les mots. A plus forte raison lorsque, comme moi, on allait à la recherche de ce que Takiko et Tsutako avaient laissé derrière elles, rêve aussi vain que si l'on essayait d'approcher la respiration des dormeuses à travers les pages d'un dictionnaire. Plutôt que de me perdre en hésitations sur l'importance à donner ou non aux petites différences dans ces déclarations, j'aurais mieux fait de m'incliner devant l'audacieuse brièveté du « Rapport définitif de clôture de l'instruction » :

> *« Vers deux heures du matin ce jour-là, le prévenu, travesti et masqué comme pour commettre un cambriolage, est monté dans la pièce de six tatamis servant de chambre à Takiko et Tsutako et, son couteau ouvert, a interpellé les deux femmes qui dormaient profondément, mais comme il n'arrivait pas à les réveiller, il s'est placé à califourchon au-dessus de Takiko allongée sur le dos, et feignant de la viser à la poitrine, l'a secouée par l'épaule pour la réveiller, et celle-ci, surprise, a plié les genoux qui sont venus cogner les fesses du prévenu, le projetant vers l'avant, si bien que le couteau s'est enfoncé profondément dans le côté*

gauche de la poitrine de Takiko, provoquant contre toute attente une blessure grave, ce qui a plongé le prévenu dans un trouble extrême, et c'est ainsi finalement qu'il n'a pas pu éviter de tuer Takiko, plutôt pour qu'elle s'en aille sans faire de bruit. Ayant décidé qu'il n'avait rien d'autre à faire que de la tuer avant de s'enfuir, il a pris aussitôt les ceintures qu'il avait sous la main pour l'asphyxier en lui enserrant le cou et c'est ainsi qu'il l'a étranglée. Ensuite, Tsutako se réveillant à ce moment-là s'est aperçue de la présence du prévenu, et n'ayant encore rien deviné de son méfait, d'autant plus qu'il s'agissait de quelqu'un qu'elle connaissait, elle s'est rendormie sans y attacher d'importance particulière, tandis que le prévenu, craignant qu'elle ne parle, a encore une fois décidé qu'il n'avait d'autre solution que de la tuer avant de s'enfuir et, après un temps d'hésitation dans l'intention criminelle, il a rapporté du rez-de-chaussée une autre ceinture qu'il a utilisée de la même manière pour enserrer le cou de Tsutako et l'asphyxier, et après l'avoir étranglée, il s'est enfui. »

Evidemment, j'ai un doute sur ce rapport définitif. Ce « *plutôt pour qu'elle s'en aille sans faire de bruit* » signifie, semble-t-il, qu'elle aurait pu crier, c'est pourquoi il l'a « *aussitôt* » étranglée, mais avec un couteau planté en pleine poitrine, elle ne pouvait guère « *crier* ». Quant à l'affirmation « *elle s'est rendormie* », ils ont sans doute cru les paroles du prévenu, mais je me demande comment elle a pu se rendormir aussi facilement, cela me paraît tellement sinistre.

« Takiko savait-elle que l'intrus était le prévenu ?

– Elle le savait. "Monsieur Saburo, je me suis coupé la main", a-t-elle dit.

– Il me semble qu'elle aurait pu crier un peu plus jusqu'à ce qu'elle comprenne qu'il s'agissait de lui, vous ne trouvez pas ?

– Elle n'a pas vraiment crié.

– Elle n'a opposé aucune résistance au moment d'être étranglée ?

– Non, aucune.

– Et Tsutako, à ce moment-là ?

– J'ai pensé qu'il ne fallait pas qu'elle s'étonne en voyant la blessure de Takiko, alors je l'ai ligotée.

– Elle s'est laissé ligoter sans rien dire ?

– Sans rien dire.

– Vraiment ? Vous l'avez aussi ligotée sans rien dire ?

– Je l'ai attachée en silence.

– Ensuite vous l'avez bâillonnée ?

– C'est exact.

– Vous lui avez aussi bandé les yeux ?

– C'est exact.

– Et elle ne s'est vraiment pas défendue ?

– C'est exact. »

C'est ainsi que Saburo Yamabe avait répondu en salle d'audience, et selon les déclarations qu'il avait faites auparavant, Takiko, alors que du sang jaillissait de la plaie qui était assez profonde, s'était redressée et assise correctement avant de porter les mains à sa poitrine comme pour rajuster son kimono en disant :

« Monsieur Saburo, vous m'avez fait peur. Je me suis coupé le doigt parce que vous tenez une lame, voyez-vous. » Plus préoccupée par la blessure à son doigt que par la plaie de sa poitrine, elle s'était laissé faire, même lorsqu'il avait ouvert son kimono. Jusqu'à Tsutako, qui s'était contentée de dire : « Monsieur Saburo, vous m'avez fait peur. J'ai sommeil, alors je dors », en se retournant dans son sommeil, et elle avait beau avoir été ligotée, bâillonnée, puis étranglée, elle n'avait pas poussé le moindre cri, elle était morte appuyée contre Saburo, la tête sur ses genoux comme sur un oreiller.

Il ne s'agissait pas particulièrement d'un amour fou. Il ne s'agissait pas non plus d'une familiarité issue de relations amicales entre voisins. Alors que cet homme s'était introduit en pleine nuit, « *travesti et masqué comme pour commettre un cambriolage* », dans la chambre d'une maison où vivaient des femmes, celles-ci, non contentes de ne montrer aucune méfiance à son égard, n'avaient pas paru le haïr même au moment de rendre leur dernier soupir. C'est donc qu'elles ne croyaient pas à la possibilité d'être tuées. Elles étaient persuadées qu'il s'agissait d'une simple plaisanterie. N'est-ce pas la preuve d'un attachement extrême ?

Mais lorsque j'ai lu pour la première fois le dossier de procédure, « Menteur ! » me suis-je dit, devinant forcément que tout cela n'était qu'inventions de meurtrier.

« Leur visage ne donnait pas du tout l'impression d'une mort paisible. »

Takiko et Tsutako avaient été tuées le 1er août entre deux et quatre heures du matin. Le crime avait été découvert par le livreur du marchand de légumes intrigué par cette maison qui mettait tant de temps à se réveiller. Et Saburo Yamabe avait été arrêté le 4 août. Lorsque je m'étais précipité, on n'avait encore aucune idée du coupable. On m'avait aussitôt emmené pour me présenter aux autorités, qui m'avaient fait subir un interrogatoire assez serré, alors que j'étais même incapable d'imaginer pourquoi on les avait tuées.

Elles n'avaient pas beaucoup de relations avec les voisins, et même si l'on savait qu'après leur sortie de l'école de filles elles étudiaient quelque chose, personne ne savait que ce quelque chose était la littérature. Par conséquent, personne n'était capable de donner plus de détails sur leur identité ou leur famille que l'enquête de proximité de la police n'en avait révélé. Sur ces entrefaites, le propriétaire de la maison était arrivé, s'était rappelé que j'étais leur garant, était retourné chez lui vérifier mon adresse sur le contrat et, de là, avait envoyé quelqu'un chez moi pour me prévenir. Malheureusement j'étais absent, car la chaleur m'avait empêché de mener à bien mon travail, et suite à une dispute avec ma femme jusqu'à une heure avancée de la nuit (c'était exactement à ce moment-là qu'elles avaient été tuées), avec le peu d'argent que j'avais reçu fin juillet je m'étais rendu aux grands magasins le matin du 1er pour voir les vêtements d'été, au lieu de payer le loyer ou d'offrir un kimono d'été à Takiko et Tsutako comme cadeau saisonnier, pour lequel j'étais également en retard, si bien qu'il était déjà plus de deux heures de l'après-midi lorsque je m'étais précipité chez elles.

Un policier montait encore la garde à l'entrée, pour repousser les badauds. J'étais en train de me frayer un passage à travers la foule lorsque j'entendis quelqu'un s'exclamer :

« Ah, cet homme... c'est lui. »

Un réflexe de pudeur me poussa à m'enfuir au plus vite, mais à ce moment-là montèrent soudain du fond de mon cœur ces mots :

« Il n'y a rien de plus effrayant que le mensonge », ce qui fait que je me sentis pitoyable au point que mes jambes se firent lourdes. Je n'étais qu'un misérable.

Toutefois, en y réfléchissant maintenant, je me dis que, dans un cas comme celui-là, l'homme doit se sentir agité. Il ne devrait pas être pris d'un aussi brusque accès de faiblesse. De fait, quand on me demanda :

« Qui êtes-vous ? »

Je répondis fièrement :

« Le garant. »

Je me rappelle que l'officier de police répéta distraitement, comme un perroquet :

« Le garant », en reculant d'un pas pour me laisser passer.

Quant à « cet homme » corrigé en « c'est lui », il est clair qu'il ne comportait aucune intention malveillante à mon égard. Il ne signifiait pas que l'homme en question avait quoi que ce soit à voir avec cette affaire criminelle. Seulement qu'on l'avait souvent vu venir dans cette maison. Même si, par la suite, je fus emmené au commissariat de police pour y subir un interrogatoire assez serré, ce fut en tant que témoin, on ne m'y traita pas comme un suspect, et dans la maison de Takiko et Tsutako les officiers de police furent satisfaits au point de venir me consulter poliment. Je n'avais pas plutôt franchi le seuil que j'avais déjà oublié pourquoi j'avais senti mes jambes s'alourdir. Sur les lieux, du moins, je n'avais aucune raison de me sentir coupable.

Cependant, je me demande encore par quel miracle j'ai réussi à régler tout ce qui les concernait. J'avais pressé la police de me délivrer l'autorisation de les incinérer. En rentrant du funérarium, j'avais aussitôt vendu tout ce qu'elles possédaient à un brocanteur. Et dans la journée, tout était débarrassé, les cendres rapportées à la maison. En arrivant dans le salon, j'avais tout de suite enlevé mon haori et mes tabi en disant :

« Eh bien, maintenant, on ne sait plus quelles cendres sont à qui. Elles qui étaient si différentes, les voici devenues exactement pareilles.

– Non, s'était alors exclamé le frère aîné de

Takiko en se précipitant d'un air indigné pour prendre l'un des deux paquets enveloppés de tissu blanc posés l'un à côté de l'autre. Celui-ci, c'est Takiko. Merci beaucoup de vous être occupé de tout. » Et, le paquet sur les genoux, il m'avait observé, l'air un peu méfiant, comme s'il se demandait ce qui m'était passé par la tête. Prenant de la même manière les cendres de Tsutako sur mes genoux :

« Alors celui-ci c'est Tsutako », avais-je répondu en riant d'un air soulagé, car je venais tout juste de me rendre compte que je m'étais occupé de tout arbitrairement, sans tenir compte de la présence du frère et de la mère de Takiko.

Lorsque, ayant retrouvé mon calme, je me mis à réfléchir en me mettant à la place de la mère de Takiko, je me vis comme un inconnu prenant l'initiative de faire incinérer sa fille et vendre ses affaires. C'est ainsi qu'elle m'avait vu. Il faut dire qu'il y avait très longtemps de cela, j'avais reçu une lettre de la famille de Takiko me priant de la prendre entièrement sous ma responsabilité. Par ailleurs, sa mère devait bien comprendre que dans la mesure où elle envoyait si peu d'argent chaque mois, il était normal que je l'entretienne. Sur ce point, elle faisait preuve envers moi de discrétion.

Quoi qu'il ait pu arriver à Takiko et Tsutako, j'avais sans doute moi aussi le sentiment qu'il était trop tard pour leur adresser des reproches, et la vieille habitude que j'avais de considérer que Takiko faisait davantage partie de la maison que Tsutako venait de ce qu'elle avait habité chez moi pendant près d'un an.

Sans l'arrivée de Tsutako, Takiko n'aurait sans doute pas quitté la maison. J'avais souhaité les voir habiter ensemble dans la maison que j'avais louée pour Tsutako. Mais installer Tsutako ailleurs, alors que j'aurais gardé Takiko chez moi, n'aurait pas signifié que j'attachais plus d'importance à Takiko qu'à Tsutako. Au contraire. Pour être bref, je dirais que je regrettais de voir la pure énergie vitale de Tsutako s'épuiser à vivre en parasite dans une maison étrangère. De plus, à la côtoyer ainsi nuit et jour, je craignais de voir s'estomper mon attirance pour elle. Tsutako était ce genre de fille. Par conséquent, puisque Takiko avait été tuée dans la maison où elle avait emménagé pour Tsutako, on pouvait dire que c'était à cause d'elle qu'elle était morte. Mais jouer avec ce genre de regrets risquait de porter préjudice à Tsutako, car Saburo Yamabe ne s'était-il pas placé d'abord à califourchon sur Takiko, alors que les deux filles dormaient l'une à côté de l'autre ?

Conformément au « Rapport définitif de clôture de l'instruction » : « *Le prévenu, craignant qu'elle ne parle, a encore une fois décidé qu'il n'avait d'autre solution que de la tuer avant de s'enfuir* », il est clair que ce qui est arrivé à Takiko a rejailli sur Tsutako. C'est par pur hasard que le couteau de Saburo s'est enfoncé dans la poitrine de Takiko, mais si l'on veut trouver une nécessité dans ce crime fortuit, on doit sans aucun doute prendre d'abord en considération le fait qu'elles ont fait la connaissance d'un homme comme lui. Et qu'elles ont fait naître chez lui l'idée d'un divertissement allant au-delà de la simple plaisanterie. Idée suscitée par le caractère même de Takiko.

Takiko était une jeune femme enjouée qui aimait les plaisanteries. Des plaisanteries tellement médiocres qu'en les entendant à travers la cloison, on se serait sans doute demandé pourquoi les autres riaient de choses aussi stupides, mais quand je voyais les hommes assis en face d'elle, en général inconscients de leurs gesticulations ou de leurs changements de position incessants, je me disais qu'elle était une gentille fille. D'ailleurs, avant d'arriver jusque chez moi, elle avait, semble-t-il, montré ses romans à deux ou trois autres écrivains, et bien entendu aucun d'eux ne lui avait dit qu'ils pouvaient la mener à quelque chose, car il était impensable que ces gribouillages pleins de vantardise aient été écrits par quelqu'un ayant lu sérieusement de la littérature moderne. Loin d'avoir les qualités d'une romancière, elle n'avait même pas celles d'une lectrice. Elle avait plutôt l'air ingénu d'une enfant perdue, égarée dans le monde des lettres, qui inspirait plus de sympathie amusée que de pitié.

Pourtant, un jour que je l'avais rencontrée alors que je manquais terriblement de sommeil, je me rendis compte que tout en restant toujours aussi superficielle, elle me traitait avec beaucoup de ménagements. Je lui parlai avec brusquerie. Elle se balançait dans un fauteuil à bascule, de plus en plus fort au fur et à mesure que je devenais plus véhément, non sans dégager en même temps quelque chose de curieusement maternel.

« Cette chaise, on dirait qu'elle chante "femme écrivain, femme écrivain".

– "Femme écrivain" ? ... Il n'y a pas de femmes écrivains.

– Ce sont des personnes remarquables, n'est-ce pas ?

– Remarquables ou non, ça n'existe pas. Il

n'y a pas de femmes écrivains. Il n'y a que des écrivains.

– C'est vrai.

– Et si l'on veut devenir femme écrivain, il vaut mieux renoncer à toute littérature et se marier. Il vaut mieux se tourner vers la littérature après avoir traversé les rudes épreuves de la vie. Avant même d'être trahie par la littérature, une femme écrivain est d'abord trahie par les hommes. En ce moment, tu es tout à fait une femme qui écrit. Aucun doute là-dessus. Mais ce n'est pas parce que tu t'es mise à écrire un roman que tu es une femme écrivain. Tu ne fais qu'imiter les hommes écrivains. Tu n'es plus une femme, vois-tu. Tu deviens une bonne à rien qui n'est pas une femme. Les femmes n'ont rien à faire en littérature, je t'assure. » Je m'étais amusé à lui débiter tout ça comme un gamin insupportable, mais lorsque j'avais lu son roman après son départ, j'avais compris que ces paroles n'étaient pas complètement stupides et reflétaient bien l'impression que me laissaient ses écrits. C'était sans doute parce que je m'étais relâché et que j'étais très faible, psychologiquement tout autant que physiquement, ayant tout juste terminé un travail après avoir passé plus d'une semaine de nuits blanches à écrire, que j'avais facilement versé des larmes en les lisant. « Ça, c'est bien les femmes », avais-je pensé, envahi trop tard par un vertigineux sentiment de reconnaissance.

Les quatre romans de Takiko ressemblaient tous au journal intime de sa vie quotidienne, et l'amour infini et inconditionnel qu'elle y vouait à sa famille, ses amis ou ses amants, m'avait profondément ému. Bien sûr, cet amour féminin avait depuis longtemps déjà été décrit d'une manière bien plus belle, bien plus profonde et bien plus élevée dans un nombre incroyable de livres, en tous temps et sous toutes les latitudes, et il était évident que ces romans étaient loin de relever de la littérature. Par ailleurs, on pouvait penser que si cet amour avait existé dans la réalité, on n'aurait pas supporté de le regarder en face. Sur le plan littéraire, ce n'étaient pas des romans, ni même des textes véritables, et en temps normal je n'aurais pas supporté de les regarder en face, mais je pense que mon état de fatigue, annihilant ma vigilance, m'avait fait ressentir la chaleur de son intimité ainsi dévoilée.

Il m'apparut qu'il était dommage de faire tant d'efforts pour essayer de dormir alors que je n'en avais manifestement pas envie, aussi me levai-je d'un bond pour envoyer un télégramme à Takiko. Mon écriture était deux fois plus grosse que d'habitude. Ensuite je pris un bain, sortis manger au restaurant chinois, et je venais de rentrer, j'avais vraiment sommeil cette fois-ci, lorsqu'elle arriva, ayant lu mon message. La fatigue faisait que ma langue était légèrement engourdie, si bien que je ne lui lançai rien d'autre que cette capricieuse conclusion :

« Il arrive que la mauvaise littérature soit faite de bons sentiments... Tu sais, je viens de lire d'affilée les quatre romans que tu m'as confiés, aucun n'a à voir de près ou de loin avec de la littérature. Tu passes ton temps à aimer à corps perdu et à te faire sans cesse piétiner par les autres, tu te fais avoir à chaque fois, et dans tous tes écrits tu revendiques bien haut que tu es ce genre de femme. On dirait des lettres d'amour destinées à encourager la goujaterie des hommes, je t'assure. »

L'agression était frontale mais, pour toute réponse, elle se mit à rire comme si je l'avais chatouillée au niveau de la rondeur de ses épaules, avant de me regarder en rougissant.

« De tels romans sont néfastes pour les femmes en général. Ils éveillent un sentiment d'impunité chez les hommes prêts à leur faire toutes les horreurs qui leur passent par la tête.

Tu ferais mieux d'arrêter d'écrire. Il faut que tu gardes tes qualités pour ton amoureux ou ton mari, vois-tu. Sans en faire étalage », continuai-je sans me rendre compte sur le moment qu'à la vérité, la jalousie masculine avait peut-être déjà éveillé en moi la pensée qu'il était regrettable, voire dangereux, de rendre public dans ses écrits le fait qu'elle aimait l'idée d'être une femme.

On avait probablement cadré la photographie prise sur les lieux du crime afin de révéler au maximum la blessure de Takiko, car lorsqu'on m'avait montré l'agrandissement de sa poitrine, j'avais trouvé le cliché étrangement cru, cet effet étant sans doute dû à l'appareil ou à la lumière. Par exemple, les cheveux étaient si nets qu'on aurait pu les compter un à un, tandis que la large poitrine formait une surface blanche et floue ne permettant pas de distinguer la protubérance des seins, ce qui n'empêchait pas de voir les plis des aisselles. Les sourcils et les narines étaient nets, tandis que les yeux fermés et les lèvres béantes étaient flous comme dans un rêve. Le contour de son visage était bien dessiné. La poitrine s'étalait vers le haut et ses épaules étaient si rondes et généreuses qu'elles s'attachaient presque à angle droit au cou large et court, tandis que les mamelons et les aréoles étaient trop mûrs et trop développés pour une jeune fille. La tête était complètement renversée en arrière et les cheveux n'étaient pas dénoués mais, derrière les oreilles et jusqu'à la nuque, ils étaient tellement en désordre que l'on apercevait le crâne et cela donnait l'impression qu'ils étaient mouillés. Le sang avait été soigneusement essuyé, sans doute pour permettre de mieux distinguer la blessure. Sous le gris délavé de l'aréole, la plaie se découpait dans un noir d'autant plus foncé qu'elle était profonde.

C'est à cause de cette blessure que je détournai la tête en grimaçant, mais maintenant je pense que ce n'était rien d'autre que de l'hypocrisie, pour masquer en réalité mon émerveillement face à sa vie révélée. Ce corps débraillé ainsi exposé, sans aucune ombre de peur ni de souffrance, paraissait au comble du ravissement.

Mon impression n'était pas fausse lorsque, sur les lieux de l'acte sanglant et atroce, j'avais pensé qu'elle n'aurait jamais dû avoir un visage aussi paisible dans la mort. Elle paraissait si jeune et impudique que je m'étais empressé de la faire incinérer sans la regarder véritablement, la volonté de cacher cette impudeur y étant sans doute aussi pour quelque chose, car un corps qui ne contenait plus une goutte de sang n'aurait pas dû déborder d'une jeunesse aussi effrontée. Je me demandais par quel miracle un appareil photographique pouvait ainsi capturer la vie émanant d'un tel cadavre. Une machine dépourvue de sentiments regardait-elle avec l'œil de Dieu ? La Takiko de la photographie se révélait un animal abject, au point qu'on avait envie de lui dire que c'était bien fait pour elle, alors que, vivante, elle ne m'avait jamais montré cet aspect véritable de la femme. Même en étant tuée de cette manière, même en devenant un cadavre dont les yeux se détournaient, par l'intermédiaire de l'appareil photographique elle avait saisi l'occasion de montrer sans aucune réserve toute l'étendue de la vitalité de sa jeunesse. Etait-ce l'effet d'un terrible hasard ?

Ce hasard comme cette vitalité n'apparaissaient nulle part dans les dossiers de la justice. Une fois vérifié qu'il ne s'agissait pas d'un crime passionnel, rien de tel n'avait effleuré l'esprit de l'assassin ni du juge. Ce n'était pas non plus quelque chose que l'expert-psychiatre aurait dû prendre en considération. En tant que romancier qui s'amuse à trouver un sens à ces choses difficiles à appréhender, je n'étais sans doute pas plus maladroit qu'un appareil photographique, et c'était pour ça que je faisais tant d'efforts pour ne pas trop m'écarter de la déposition de l'accusé, alors qu'à la réflexion, il me semblait que ce que j'avais cru voir dans la photographie de la poitrine dénudée de Takiko transparaissait également dans ses romans que je découvrais maintenant pour la première fois.

Peut-être que moi aussi j'avais été séduit au point de l'abreuver de critiques inconsidérées qui n'en étaient pas vraiment. Lorsque je lui avais dit qu'au lieu d'écrire des romans elle ferait mieux de se chercher un mari, elle avait peut-être cru à un avertissement moqueur, et comme elle voulait absolument arriver à ses fins, elle m'avait interrogé sur la façon dont il fallait travailler :

« De quelque manière que ce soit, tu veux écrire des romans, n'est-ce pas ? Tu es prête à tout sacrifier pour devenir écrivain, c'est bien ça ?

– Oui.

– Alors je pense que tu devrais devenir la maîtresse d'un auteur quelconque. »

Ce qui évidemment l'avait surprise, mais je croyais que, sans le secours miraculeux du pouvoir d'assimilation de l'amour, son esprit n'aurait jamais rien de littéraire. Je pensais qu'elle pouvait lire ou écrire tout ce qu'elle voudrait, cela ne lui servirait à rien tant qu'elle n'aurait pas changé du tout au tout. D'autant que ses qualités naturelles de belle personne invulnérable étaient peut-être un excellent élément pour un auteur, mais seulement en tant que matériau d'une œuvre. Si elle écrivait elle-même, cela ne donnerait rien de plus qu'un griffonnage bâclé.

« L'amour n'est pas grand-chose au regard de la vie et de la littérature. »

En fait, mon intention avait été de lui signifier brutalement qu'elle ferait mieux d'y réfléchir à deux fois vu qu'elle n'avait pas de talent mais, chose surprenante, il m'apparut qu'elle avait pris mes propos au pied de la lettre.

« Au lieu de venir te dévoyer chez moi, tu ferais mieux de chercher quelqu'un qui, les yeux hagards, te parlerait uniquement de littérature. »

Puisque ses parents avaient accepté qu'elle monte à la capitale pour y étudier la littérature, je ne pouvais pas la forcer à y renoncer. De plus, la femme qu'elle était pouvait toujours se rabattre sur le mariage en cas d'échec. Par ailleurs, je pensais que si le travail de l'écrivain consistait à pervertir le cœur humain, il n'y avait sans doute pas à craindre qu'une femme comme elle puisse perdre sa vitalité à cause de la littérature.

En comparaison, la vitalité de Tsutako paraissait d'autant plus fragile qu'elle était pure. Sa présence me pesait et me rendait triste. Le remords continuait à cristalliser dans un coin de ma tête, comme si je lui avais fait quelque chose de mal. Ma femme lui portait un amour entier, comme à une petite sœur, et je l'admirais pour ça, mais je pensais que les hommes ne pouvaient sans doute pas se conduire ainsi avec une fille comme elle. Peut-être qu'aux yeux de Tsutako, je paraissais aimer Takiko davantage. Et peut-être qu'aux yeux de Takiko, je paraissais aimer Tsutako davantage. Peut-être croyaient-elles toutes les deux que j'étais trop aimé. Peut-être Takiko avait-elle tendance à se vexer d'être traitée avec juste ce qu'il faut de dédain, tandis que Tsutako se sentait brimée de ce que je gardais encore mes distances avec elle. Tout était probablement vrai. C'est sans doute pourquoi, au moment où j'allais entrer dans la maison où elles avaient été tuées, des voix s'étaient imposées soudainement à mon esprit, tandis que mes jambes se faisaient lourdes :

« Il n'y a rien de plus effrayant que le mensonge.

– Tu devrais voir comme tu as l'air malheureux de les avoir perdues toutes les deux, tuées par un déséquilibré.

– Et qui est ce déséquilibré ?

– Ne fais donc pas cette tête-là. Tu le sais bien, personne ne pense que tu as une quelconque responsabilité dans le meurtre de ces deux filles. Ce n'est pas la peine non plus de te vanter.

– Il me semble qu'on va vieillir d'un coup et que ce sera terminé, m'a dit ma femme à ce moment-là, en constatant que c'était la vie que j'avais aimée chez ces deux filles, sans me soucier de leur mort.

– Menteur ! Heureusement que les morts ne parlent pas, tu peux enfin tourner les choses à ton avantage. Si elles étaient vivantes, elles se moqueraient de toi qui te lamentes d'avoir perdu ta vitalité en même temps que leur vie était détruite.

– Les morts sont morts.

– Comprends-tu ces mots que tu dis toi-même si clairement ?

– Moi je suis vivant.

– Tant mieux. Parce que si c'était pour en arriver là, on pourrait presque dire que tu aurais mieux fait de coucher avec elles. Tu devrais remercier le meurtrier, Saburo Yamabe. Et être reconnaissant aux dieux qui leur ont donné la vie.

– Oui, peut-être. Parce que, pour l'homme qui connaît tout, il y a des mots qui disent tout, tu sais.

– Qu'en sais-tu ?

– Je sais que tout savoir, c'est savoir qu'on ne sait rien.

– Ne fais donc pas de jeux de mots imbéciles pour faire semblant de ne pas comprendre. Saburo Yamabe devait aimer la vie beaucoup plus que toi. Il a avoué plusieurs fois au cours de l'enquête qu'en s'enfuyant après le meurtre, il avait entendu un bébé pleurer dans le quartier. Mais d'après l'expertise psychiatrique, il est clair que c'était une histoire inventée. Il ne s'agit même pas d'une hallucination auditive. Il n'a pas eu l'impression d'entendre des pleurs de bébé, ça lui a échappé parce que, pour une raison ou pour une autre, il a préféré se rappeler qu'il avait eu cette impression.

– Il les a tuées toutes les deux, alors que quelque part naissaient sans doute de nouvelles vies. Est-ce qu'on peut penser que c'est cette idée qui s'est transformée dans sa tête en pleurs de bébé ? Dans ce cas, la même chose vaut pour le bruit de la voiture du laitier le matin. Et pour mon roman.

– On peut dire n'importe quoi quand on est vivant.

– N'importe quoi ! Je ne suis pas un écrivain suffisamment important.

– Est-ce pour cela que tu fais toujours cette tête d'idiot, comme si tu n'étais jamais coupable ? Il est heureux qu'elles n'aient pas été victimes d'un déséquilibré.

– J'ignore si je suis ou non un déséquilibré, en tout cas je ne suis pas un maniaque comme Saburo Yamabe.

– C'est pourquoi, lorsque Tsutako est elle aussi venue s'en remettre à toi, tu as été lâche, sous ton masque de personne raisonnable. »

Tsutako était arrivée chez nous à l'improviste, venant de Tokushima, dans l'île de Shikoku. Elle avait dit s'être enfuie de chez elle. Je me demandais avec curiosité où cette fille fragile comme un cristal avait trouvé cette hardiesse, en tout cas j'avais d'abord essayé de la renvoyer d'où elle venait. Assise à mes côtés, Takiko avait brusquement éclaté de rire.

« Ce serait dommage, vu qu'elle est partie de chez elle. Qu'on soit une ou deux filles, on peut très bien faire en sorte de ne pas vous déranger. Si vous l'accueilliez pendant quelque temps ? »

Mon visage sérieux se détendit un peu. Tsutako était soi-disant née à Kyoto et, devenue orpheline, avait été recueillie par de lointains parents à Tokushima, où elle avait fréquenté l'ouvroir. Ce détail suffit à me faire penser que la famille de Tokushima avait dû être épouvantable. Tsutako avait cette force. Mais dans un premier temps, j'avais tout de même envoyé à Tokushima une lettre de demande de renseignements. Je n'avais pas reçu de réponse. Comment était-il possible de se désintéresser ainsi d'une jeune fille qui s'était enfuie de chez elle ? Plutôt que d'adresser des reproches à la famille, j'avais eu pitié de Tsutako. Je trouvais que ce n'était pas une fille qui méritait d'être traitée de cette manière. J'étais même disposé à en vouloir au monde entier, et je l'avais installée avec Takiko dans la maison.

Alors même qu'elle venait de mourir, personne n'était venu de Tokushima pour recueillir ses cendres. Comme les lettres et les télégrammes portant l'adresse de l'expéditeur n'étaient pas revenus, le destinataire existait sans doute réellement, et même s'il s'agissait d'une parente éloignée qui avait fui la maison, il était inconcevable de laisser à autrui le soin de s'occuper de son corps sans venir au moins le saluer. Sauf si l'on soupçonnait que Tsutako elle-même était responsable. Au point que ma femme avait remarqué :

« Mlle Tsutako n'était peut-être pas celle que tu croyais. D'ailleurs, elle ne parlait jamais de son pays ni de ses proches. »

Maintenant que j'y réfléchissais à mon tour, il y avait tellement d'énigmes cristallisées autour d'elle que l'on était en droit de se demander comment elle pouvait être une jeune fille pure, et cela aussi contribuait finalement à rendre son souvenir gênant car, au début, nul doute que j'avais été heureux de ne pas entendre parler de Tokushima.

La voir vivre à la maison avec Takiko m'avait aussitôt été pénible. J'avais l'impression que son énergie vitale diminuait à vue d'œil à cause de moi. C'est pourquoi je l'avais installée avec Takiko dans une petite maison. Takiko venait chaque jour chez moi. En général, Tsutako l'accompagnait. Mais alors que Takiko venait tout naturellement, Tsutako paraissait plutôt la suivre à contrecœur. Cependant Takiko était nécessaire à mon quotidien. A l'époque, ma misanthropie s'était aggravée, et quelles que fussent les personnes que je rencontrais, je devenais aussitôt muet, tandis que, ne sachant où poser mon regard, je souffrais de courbatures dans le haut du dos, si bien que j'avais fini par prendre l'habitude d'avoir Takiko à mes côtés lorsque je recevais des visiteurs. Dès que Takiko se levait, je me raidissais soudain, ce qui jetait un froid chez les visiteurs. Elle lisait sur mon visage que le moment était venu de faire partir les invités, et disparaissait ainsi brusquement. En général, les invités ne sachant plus à quoi se raccrocher se levaient. Tout cela se déroulait tacitement entre Takiko et moi. Il se passait la même chose au cours de nos sorties. Elle achetait les billets de transport et commandait les repas. J'avais fini par ne plus pouvoir rencontrer des gens ni sortir sans elle. Ma femme la trouvait sans doute un peu envahissante, mais quand elle ne l'était pas, c'était sa douceur qui ressortait.

Je pouvais imaginer que l'humanité et l'énergie vitale de Saburo Yamabe ressemblaient plus à celles de Tsutako, il était donc normal qu'il se fût retrouvé d'abord à califourchon sur Takiko, alors qu'elles dormaient l'une à côté de l'autre, et je croyais comprendre son état d'esprit. Saburo avait travaillé comme conducteur d'un véhicule de transports en commun qui passait non loin de chez elles pour venir dans le quartier où j'habitais. C'est ainsi, semble-t-il, qu'il les connaissait de vue, car elles l'empruntaient tous les jours. A cette époque, il logeait chez les quincailliers au coin de l'avenue où donnait la rue dans laquelle se trouvait la maison. Cela avait suffi pour qu'il passât de temps en temps un moment chez ces deux filles, qui étaient certes un peu trop distinguées pour un homme comme lui, mais il ne faut pas oublier le caractère très ouvert de Takiko. Ni l'une ni l'autre ne m'avait soufflé mot à son sujet. Sans doute le jugeaient-elles insignifiant et cela les avait-il agacées. D'après ce que l'on sentait à la lecture de la déposition de Saburo, Tsutako lui avait même fait confiance, et elle s'était laissée aller à badiner avec lui, montrant ainsi son côté vulgaire. D'ailleurs, quand elles avaient été tuées, elles ne dormaient pas du tout dans la position correcte qu'elles adoptaient habituellement en ma présence. A tel point que leur agresseur ne se rappelait pas très bien si elles étaient couvertes ou non. Saburo, bien sûr, tout comme moi, ne les avait pas vues habillées pour sortir, et il semble qu'il les prenait, en se moquant, pour des femmes de service dans une cantine.

A la question :

« Si vous avez étranglé Takiko et Tsutako, n'est-ce pas à cause d'une relation passionnelle, ou pire encore ? »

Saburo avait simplement déclaré :

« Pas du tout. Il ne s'agit absolument pas de cela. Je n'avais aucun ressentiment envers elles deux, pas plus que la situation ne m'obligeait à commettre un acte contre nature.

– Pourquoi l'avoir commis alors ?

– Comme je connaissais Mlles Takiko et Tsutako depuis longtemps, je me suis introduit dans la maison avec l'intention de leur faire peur, et plus par plaisanterie qu'autre chose je suis monté à l'étage, j'ai sorti mon couteau et je les ai réveillées toutes les deux. »

Puisqu'il est clair que le mobile de ce crime non prémédité ne justifiait pas une expertise psychologique, ainsi qu'il apparaît dans le dossier de procédure – les officiers de justice ne cherchant pas plus loin, car effectuer des recherches poussées en psychologie relève davantage du domaine de l'imaginaire du romancier que de celui de la loi –, j'ai essayé jusqu'à présent de considérer les aveux du coupable comme véridiques plutôt que fantaisistes, même si ces aveux sont plus ou moins romancés, comme je l'ai écrit ci-dessus, et il m'arrive de penser qu'en fin de compte toutes ces paroles, au même titre que la réclusion à perpétuité, font partie de ce même jeu, et que ce drame trouverait peut-être sa nécessité cachée dans le fait que Saburo aussi bien que les deux filles auraient agi à la légère en sous-estimant la valeur de la vie.

Cette plaisanterie qui a mal tourné ne serait-elle pas l'aveu d'une solitude insondable ? Provoquer la mort, n'était-ce pas, pour Saburo, flirter avec la vie ? Dissimulé dans l'entrée de leur maison, il leur avait fait peur au moment où elles revenaient du bain public. Et comme ce n'était pas suffisant, il était entré subrepticement alors qu'elles dormaient, s'était assis à califourchon sur elles, les avait menacées d'une arme blanche. Simplement pour leur faire peur. L'énigme psychologique était facile à résoudre, dès lors qu'on restait dans le registre des enfantillages. De fait, la plaisanterie de Saburo était tout à fait puérile. Quel est l'état d'esprit d'un enfant qui attend en secret, dissimulé dans la pénombre, le moment de se jeter soudain sur quelqu'un en criant pour lui faire peur ? Il se sent triste et seul. Il veut se faire aimer.

Quand on en arrive là, on ne peut pas s'en sortir en déclarant simplement qu'il s'est d'abord placé à califourchon sur Takiko parce que c'est elle qu'il connaissait le mieux.

« Ainsi, alors que j'étais en train de poignarder Takiko, Mlle Tsutako s'est réveillée à son tour, et comme elle a vu que c'était moi (*monsieur Saburo, vous m'avez fait peur. J'ai sommeil, alors je dors*), elle s'est retournée de l'autre côté et s'est rendormie sans tarder. » (Au commissaire.)

« Tsutako s'est réveillée, a voulu se redresser, et je me rappelle qu'elle m'a jeté un coup d'œil. » (A l'expert.)

« J'ai pensé qu'il ne fallait pas qu'elle s'étonne en voyant la blessure de Takiko, alors je l'ai ligotée.

– Elle s'est laissé ligoter sans rien dire ?

– Sans rien dire.

– Vraiment ? Vous l'avez aussi ligotée sans rien dire ?

– Je l'ai attachée en silence. » (Au procès.)

Si les déclarations du prévenu sont ainsi légèrement différentes à chaque fois, c'est sans doute parce que la vue du sang de Takiko lui avait fait perdre le sens de la réalité, mais le plus étonnant dans cette affaire, c'est que Tsutako soit restée silencieuse et ne lui ait opposé aucune résistance alors qu'il venait de tuer Takiko à côté d'elle et qu'il s'apprêtait à l'étrangler après l'avoir ligotée, bâillonnée et lui avoir bandé les yeux, car même si les jeunes filles qui venaient tout juste de s'endormir étaient jusqu'alors plongées dans un sommeil profond, il émanait de leur corps sans défense une terrible fascination qui leur avait coûté la vie :

« Je ne l'ai pas décidé à l'avance, et comme je l'ai dit tout à l'heure à la police, j'ai fini par accepter l'idée que c'était moi qui l'avais fait, et à l'instruction comme au procès, j'ai tout reconnu. Quoi qu'il en soit, puisqu'il ne fait aucun doute que c'est moi qui les ai tuées, je n'ai aucune raison de dire que je n'en sais rien, et comme j'ai l'intention de me soumettre au jugement quel qu'il soit, je n'ai pas envie de persister à nier tout ce que vous me dites que j'ai fait. » La seule protestation qu'il ait laissé échapper devant ses juges après s'être résigné, lors de la première enquête de police, fut :

« Je me demande pourquoi Mlle Tsutako ne s'est pas réveillée la première ? »

Effectivement, si Tsutako s'était réveillée avant Takiko, peut-être le meurtre n'aurait-il pas eu lieu. L'affaire se serait sans doute terminée comme une plaisanterie qui serait allée un peu trop loin. Saburo avait raison de le déplorer. Car tout en se plaçant à califourchon sur Takiko, ne voulait-il pas en réalité se montrer ainsi à Tsutako ? En effrayant Takiko, n'était-ce pas à Tsutako qu'il voulait faire peur ? Si Tsutako s'était réveillée la première, en voyant Saburo brandir son couteau en direction de la poitrine de Takiko, elle n'aurait peut-être pas seulement crié de surprise, mais ri bêtement et échangé avec lui un regard de connivence, brisant ainsi d'un seul coup la distance qui les séparait. Sans rêver d'aller jusque-là, faire peur à Takiko parce qu'il était amoureux de Tsutako n'était-il pas une manière raisonnable de faire le premier pas ? Cette réflexion me plongeait dans un lamentable dégoût de moi-même. Ce besoin quotidien que j'avais de Takiko n'était-il rien d'autre que la manifestation de mon amour envers Tsutako ? J'étais aussi stupide que celui qui, tombant dans une chausse-trape creusée pour d'autres, se bouche le nez à cause de la puanteur. Tout en sachant très bien que la beauté de ce crime ne se trouvait nulle part ailleurs que dans l'insignifiance de son mobile, n'étais-je pas en train de me faire du cinéma, empoisonné par la séduction de toutes sortes de mauvais génies ? Mais dès le commencement, n'avait-on pas été tenté de dire :

« Justement parce que, dans la psychologie du prévenu, l'on ne décèle rien de pathologique qui aurait pu le pousser à commettre un crime, il est possible que la faute de ce Saburo Yamabe soit plus légère que celle de bon nombre de criminels qui ont été acquittés pour crime pathologique. Si l'on considère les choses d'un point de vue différent de celui du droit pénal. » Peut-être aurait-on fini par voir dans la silhouette de Saburo brandissant une arme blanche, au cours d'une nuit de plein été, contre une fille abandonnée au désordre du demi-sommeil, l'expression du comble de la solitude pour un être humain.

Car, en réalité, Saburo était ce jour-là dans une extrême solitude. Non seulement il n'avait plus de travail, mais il était presque devenu un vagabond. Il n'avait pas pour autant perdu la raison. Il n'était pas non plus ivre mort.

« Ses résultats aux tests d'intelligence sont tout à fait excellents. Ses connaissances générales, ses compétences mathématiques, la logique de ses choix, sa compréhension de textes, son vocabulaire, sa construction de phrases et ses définitions se situent dans une bonne moyenne.

» Sa mémoire ne confond pas les différents éléments du passé, et comme le montrent les tests, pour ce qui concerne l'association de mots, il a obtenu le résultat maximum, en particulier au test d'association des mots indépendants, ce qui le classe parmi les meilleurs.

» On ne constate aucune anomalie de la mémorisation ou de la répétition, et par conséquent, l'on peut affirmer qu'il n'existe aucun facteur psychologique qui pourrait entraver sa mémoire.

» Quant aux tests d'associations d'idées, où la plupart des formes d'association sont le résultat de combinaisons internes, où la réaction n'intervient qu'après compréhension du mot stimulus, son temps de réaction est bref, ce qui montre une faculté d'association normale. Par conséquent, il n'y a aucune atteinte pathologique du processus d'association d'idées.

» Lorsque l'on teste l'activité mentale par le test périphérique de Bourdon, cinq minutes d'activité du prévenu correspondent à vingt-huit échelons, de plus il n'a omis qu'un seul chiffre, ce qui montre que sa capacité de travail est excellente.

» Comme on peut le voir ci-dessus, le résultat de l'examen du prévenu, tel que le révèlent les chiffres sur le tableau, est tout à fait bon, mais bien que rien ne puisse laisser supposer une quelconque maladie, la réalité des faits prouve qu'un aspect de sa vie psychique laisse à désirer, car si l'on considère qu'il n'a jamais trouvé l'équilibre, pas plus qu'il n'a réussi à garder longtemps un travail ou à se réconcilier avec ses parents adoptifs avant de les quitter, il doit y avoir certaines lacunes dans sa fonction psychologique globale. Nous appelons ces personnes qui présentent un état psychologique pathogène des maniaques ou des personnes à caractère pathologique. Par conséquent, nous croyons qu'il est opportun de diagnostiquer que le prévenu, comme il a été montré précédemment, présente un caractère légèrement altéré, un tempérament hystérique. »

Tels étaient à peu près les résultats de l'examen de personnalité effectué par le médecin expert. A propos de ce « tempérament hystérique », l'expert lui avait demandé s'il n'avait pas vécu depuis son enfance des choses sortant de l'ordinaire :

« C'est arrivé souvent quand j'étais enfant. Je me rappelle qu'à partir de sept-huit ans et jusqu'à l'âge de onze ans, je pleurais jusqu'à en avoir des convulsions tellement j'étais effrayé de voir certaines choses changer de forme, grossir ou rapetisser.

– A quel moment cela arrivait-il ?

– Dans la journée, quand j'étais absorbé dans mes jeux, les choses se mettaient soudain à rapetisser ou à grandir.

– Il n'y avait rien d'autre en dehors de cela ?

– J'ai toujours été bizarre pendant l'été, en juillet et en août. C'est en août que je me suis enfui de la maison. A cette période de l'année, bizarrement, je n'arrive pas à rester tranquille, je m'énerve pour un rien, je ne tiens plus en place, même pendant la nuit, ah oui, surtout quand il y a de la tempête, j'ai envie de sortir et de marcher au hasard, j'essaie de prendre sur moi mais je n'arrive pas à me maîtriser. »

D'ailleurs, le crime avait eu lieu le 1er août, entre deux et quatre heures du matin. La veille encore, Saburo Yamabe avait, du matin au soir, vagabondé sans fin dans les rues, et ses pérégrinations l'avaient finalement amené devant la maison des filles.

A cette époque, il ne vivait déjà plus chez le quincaillier. Si l'on se réfère au dossier de la procédure pour retracer les grandes lignes de son passé, on apprend qu'il était un enfant naturel. Sa mère l'avait eu après la mort de son mari, alors qu'elle travaillait comme infirmière, et Saburo avait environ sept ans quand elle était morte de la fièvre typhoïde sans avoir jamais voulu révéler à quiconque le nom de son père. Il avait été déclaré à l'état civil comme le fils véritable du frère cadet de sa mère et placé en nourrice pendant quelque temps, puis récupéré à l'âge de trois ans, pour être élevé principalement par sa grand-mère. Petit, il était sage comme une image, s'amusant dans son coin avec ses jouets, mais parfois il lui arrivait de rire comme un fou, ou de se mettre à pleurer, soudain effrayé alors qu'on croyait qu'il jouait. Il lui était arrivé également de quitter l'école professionnelle, puis de se confronter à son père adoptif et de s'enfuir du jour au lendemain de la maison. (Pour ce qui est de sa situation familiale et sa fugue, il ressemble à Tsutako.) Ayant effectué divers apprentissages dans la mécanique, il avait passé son permis de conduire. Ensuite, il avait été engagé comme conducteur d'un véhicule de transports en commun, et l'on peut penser que cette période vécue à proximité des filles a été, de toute son existence, celle où il a gagné sa vie le plus honnêtement. Après son départ suite à une altercation avec un collègue le soupçonnant d'une liaison avec la receveuse, il avait travaillé dans trois ou quatre garages de taxis à un yen, sans pouvoir rester dans aucun, si bien qu'il avait fini par entrer dans une entreprise de réparations automobiles. D'où, là aussi, il avait été congédié aux alentours de la mi-juillet. A l'époque du crime, il logeait chez sa grand-mère et cherchait du travail.

C'est pourquoi il n'est pas étonnant qu'il ait erré en ville le 31 juillet car, trois jours plus tôt, son père adoptif avait fait une soudaine apparition chez la grand-mère, à qui il avait cherché querelle sous prétexte qu'elle prenait la défense de Saburo qu'il avait pratiquement chassé de chez lui, et il avait même essayé de le ramener de force à la maison ; le lendemain matin, alors qu'il pensait se mettre à l'abri quelque temps chez sa tante sage-femme à Yokohama, Saburo, ayant reçu de sa grand-mère l'argent du train, était parti avec un panier contenant divers objets et du linge de rechange, mais ne voulant plus se rendre à la campagne il avait dormi chez un de ses anciens amis, et le 31, son panier toujours à la main, il était passé à son entreprise, puis à la gare où il pensait prendre le train pour Yokohama, ensuite il avait vu un film en matinée et rendu visite à des conducteurs tout en sachant que ceux-ci travaillaient dehors dans la journée, chaque fois choisissant ceux qui habitaient loin comme pour mieux prolonger le temps passé dans les transports, puis la serveuse du bar bon marché dans lequel il était entré pour noyer son désespoir dans le saké n'ayant pas l'air aimable, il était aussitôt ressorti et, n'en pouvant plus, s'était enfin résolu à demander asile au premier étage de la quincaillerie, où il pourrait au moins laisser son panier. Mais il aurait dû se rendre compte qu'après tout ça il était minuit, si bien que tout le monde dormait chez le quincaillier. Saburo avait dit qu'il s'était rendu chez les filles parce que la quincaillerie était fermée, en réalité ce n'était peut-être qu'un prétexte dont lui-même n'avait pas eu conscience. Peut-être son cœur l'avait-il guidé tout droit vers la maison des filles. Peut-être avait-il essayé par tous les moyens de retarder sa venue dans le quartier, jusqu'à ce qu'il fût l'heure à laquelle le quincaillier dormirait déjà tandis que les filles seraient encore éveillées. Bien sûr, il n'avait sans doute pas l'idée de rester dormir dans une maison où il n'y avait que des femmes, ni d'y entrer en pleine nuit pour bavarder avec elles, mais selon son propre aveu, puisqu'il était là, pourquoi ne pas en profiter pour leur dire un petit bonjour, leur demander s'il y avait de nouveaux locataires au premier étage de la quincaillerie, et peut-être même leur laisser son panier à garder, rien de plus sans doute, mais cette maison n'était-elle pas le port d'attache secret de son cœur ? Et s'il s'était caché dans l'entrée pour les surprendre à leur retour, n'était-ce pas pour dissimuler l'embarras qu'il éprouvait à visiter sans raison cette maison ?

Ne serais-je pas en train de vouloir débusquer encore une fois la nécessité au cœur du hasard ? Tout ça, après tout, ne serait-il que suppositions de ma part au sujet de Saburo Yamabe ? En tout cas, le coupable n'a été ni acquitté ni condamné à une peine légère. Il est mort en prison après avoir été condamné à la réclusion à perpétuité. Que ce soit le fait de la nécessité ou du hasard, il l'a payé de sa vie. Ecoutons-le :

« Racontez-nous en détail ce qui s'est passé la nuit où vous les avez tuées.

– A ce moment-là, j'ai essayé de faire coulisser la porte vitrée, qui s'est ouverte parce qu'elle n'était pas encore fermée à clef, alors je suis entré. Comme il n'y avait personne, j'ai pensé que Takiko et Tsutako étaient parties au bain, alors je me suis assis dans l'entrée, sur la planche du seuil de la maison, et je somnolais lorsque j'ai entendu leurs voix dehors, elles rentraient en bavardant joyeusement comme si on n'était pas au milieu de la nuit, c'est ainsi que j'ai eu l'idée de leur faire peur. J'étais en train de me cacher en m'accroupissant dans un coin quand elles ont ouvert la porte, et elles s'apprêtaient à franchir le seuil lorsque j'ai surgi en criant très fort : elles ont crié à leur tour et se sont retrouvées pieds nus sur les dalles de l'autre côté de la porte vitrée, mais en même temps, comme elles m'avaient reconnu, elles se sont mises à rire, à voix haute, et comme elles sont rentrées à nouveau, je suis resté là pendant environ vingt minutes à bavarder gaiement avec elles à bâtons rompus, et nous avons beaucoup ri tous les trois. (*On a été vraiment surprises, c'est effrayant*) a dit Mlle Takiko (*La prochaine fois, on ne nous y reprendra pas*), a ajouté Mlle Tsutako, en faisant mine de prendre l'air vexé. Il était déjà plus de minuit et demi, alors j'ai voulu leur confier mon panier, et elles m'ont répondu (*Cette fois-ci, ce n'est pas une surprise*) avant de se remettre à rire (*Tout à l'heure, vous nous avez surprises, mais on ne nous y reprendra plus*) et Mlle Tsutako a dit (*Si on est surprises encore une fois, c'est que vous êtes fort*). Je suis sorti sans vraiment y prêter attention, j'ai tourné à droite pour rentrer chez ma grand-mère et, arrivé devant l'entrée principale de l'école élémentaire, j'étais en train de pisser lorsque j'ai brusquement eu l'idée de rebrousser chemin pour les surprendre encore une fois, alors je suis retourné sur mes pas, j'ai essayé d'ouvrir la porte vitrée, mais cette fois-ci je ne pouvais pas entrer parce qu'elle était fermée à clef, alors je me suis résigné à partir et je me suis remis à marcher en direction de l'école, et en cours de route, arrivé au niveau de la poste, je me suis rappelé soudain qu'il y avait par là une ruelle qui passait derrière chez elles, alors j'ai tourné à droite dans la rue transversale, et l'entrée de la ruelle, fermée par un portillon en tôle ondulée, ne s'ouvrait pas, mais comme il y avait une poubelle juste à droite de ce portillon, je suis monté dessus en chaussures, m'en servant de marchepied pour le franchir, et je me suis aventuré derrière la maison de Takiko. Je pensais que la porte sur l'arrière ne serait peut-être pas fermée à clef, mais mon espoir fut déçu, car elle l'était, bien sûr, mais en regardant mieux, je me suis rendu compte que l'imposte au-dessus de la vitre était ouverte, alors j'ai grimpé sur la poubelle qui se trouvait près des cabinets, j'ai posé le pied gauche sur la fenêtre des cabinets, et levant ma jambe droite à hauteur de l'imposte, j'ai voulu m'appuyer d'une main sur le chambranle et de l'autre sur le mur à l'intérieur pour me laisser glisser doucement sur la terre battue, mais comme, mon pied gauche ayant glissé, je suis tombé lourdement sur le plancher de la cuisine, ne voulant pas salir toute la maison avec mes pieds boueux, j'ai enlevé mes chaussures, j'en ai pris une dans chaque main, j'ai ouvert le panneau coulissant et j'ai traversé la pièce du bas pour les déposer dans l'entrée. A ce moment-là, à l'étage comme en bas, tout était éteint, et comme on y voyait vaguement grâce à la lumière des lampadaires de la rue, je me suis dit que j'allais me déguiser en voleur pour surprendre encore une fois Mlles Tsutako et Takiko, en riant j'ai enlevé mes vêtements et mon chapeau et, tout nu, j'ai entouré ma tête d'une serviette de manière à ne laisser paraître que les yeux, et après avoir pris le couteau qui était dans mon panier, je suis monté à l'étage, où le panneau coulissant était entrouvert, alors je suis entré et je les ai vues qui dormaient toutes les deux d'un sommeil profond. »

Ce rapport d'audition du procureur est très clair et détaillé. Selon l'avis de l'expert-psychiatre, le prévenu qui a voulu jouer les voleurs a poignardé Takiko par mégarde.

« Bientôt, le sang a giclé et je l'ai su parce qu'il a taché son kimono de nuit. Zut ! que je me suis dit alors, et pour vous dire la vérité, je ne sais pas très bien ce qui s'est passé après. Pourtant, je ne crois pas non plus que je n'en sache rien du tout, et si vous me dites que les choses se sont passées d'une certaine façon, j'aurai l'impression que c'est le cas, je ne pourrai absolument pas vous affirmer le contraire. » Comme Saburo lui-même l'a avoué, il était tellement stupéfait de voir du sang qu'il a été pris d'une forte émotion qui a entraîné des troubles de conscience, si bien qu'il n'a retrouvé sa lucidité qu'au petit matin, en entendant la voiture du laitier. C'est pourquoi sa déposition, jusqu'à ce qu'il s'introduise dans la maison des filles, ne présente que très peu de ces « petites différences » que l'on constate dans le récit de la scène de strangulation. Incidemment, lorsqu'il s'est introduit dans la maison, il portait un costume trois pièces beige, un pardessus avec une ceinture dans le genre vêtement de montagne, un chapeau mou marron clair et des chaussures basses rouges.

De ces deux séquences, celle où il leur fait sciemment peur, ou celle où il les tue en pleine confusion mentale, laquelle me séduit le plus ? Je n'ai pas besoin de dire que celle du meurtre représente un monde infiniment plus riche pour un romancier. Et puis il y a le mystère de Saburo dormant au moins deux heures à côté du cadavre de Takiko qu'il venait de tuer de ses propres mains. Dès le départ je me suis efforcé de ne pas succomber à une telle séduction. Le bon sens veut qu'après avoir poignardé Takiko, Saburo ne soit plus Saburo. Qui a manœuvré celui qui s'était perdu lui-même ? Le point de vue selon lequel il s'agirait justement de son moi véritable ne correspond peut-être que trop à la réalité et, pour nous qui ne sommes pas l'œil de Dieu, il est à craindre au contraire que cela ne se transforme en travestissement de la vérité. C'est pourquoi, dans mon roman, je me sens proche de Takiko et Tsutako dans la séquence du meurtre, et proche de Saburo dans celle où il leur fait peur.

Dans la séquence des menaces, il semble que soient disséminées plusieurs clefs de l'énigme du cœur de Saburo. Par exemple, pourquoi a-t-il eu « envie de retourner chez sa grand-mère » ? Sans doute parce que son cœur était satisfait. Lui qui s'était caché, seul et un peu gêné, accroupi dans l'entrée d'une maison triste, en surgissant soudain il n'avait pas seulement étiré son corps jusqu'alors recroquevillé, mais aussi dissipé la mélancolie de son cœur. C'était un résultat inattendu. Il avait accompli le but caché qui avait fait de cette maison le terme de son périple. S'il n'avait été excité au point de rentrer en sifflotant joyeusement, qui sait s'il serait revenu sur ses pas ? Sa joie était trop intense. C'est pour cette raison que la plaisanterie est allée trop loin et qu'il a fini par tuer les filles qui venaient tout juste de lui faire la charité de le réconforter.

Uriner à l'entrée de l'école avait dû lui procurer un vif plaisir. Un peu comme lorsque la femme que vous aimez accepte de céder à votre désir. C'est justement pour cela que, piqué au vif par la réflexion de Tsutako : « Si on est surprises encore une fois, c'est que vous êtes fort », il s'est emballé au point de franchir le portillon, de se placer à califourchon sur une fille et de la menacer avec son couteau. C'était un solitaire. Moi-même, quand j'y songe, au retour de visites à des filles telles que mes élèves avec qui j'ai des relations intermittentes, je me sens toujours joyeux, le cœur léger, au point qu'il m'arrive souvent de sourire sans raison. Saburo, ce jour-là, poursuivi par ce mal étrange du mois d'août, fatigué d'avoir cherché en vain du travail, ne savait même pas où il passerait la nuit. Il a ri avec les deux filles, d'ailleurs n'a-t-il pas insisté en répétant le mot « rire » à plusieurs reprises dans sa déposition ? N'a-t-il pas raconté que les filles s'étaient amusées à faire les folles ? Condamné à la lourde peine de la réclusion à perpétuité, il l'a courageusement subie, et au fond de mon cœur qui, encore retentissant du rire des filles, refusait le verdict du jury, se cachait peut-être de la reconnaissance à leur égard. Le père adoptif du prévenu, c'est-à-dire le frère cadet de sa mère naturelle, grand amateur de saké, avait la mauvaise habitude de se montrer violent, tandis que la sœur cadette de sa mère naturelle avait tendance à l'hystérie et que sa grand-mère était paralysée suite à une hémorragie cérébrale, de sorte que je croyais comprendre ce sentiment de menace qui pesait sur lui, même si l'on ne s'interrogeait pas sur le caractère héréditaire de l'excentricité de Saburo.

A la question de savoir si à ce moment-là il n'avait pas hésité avant de franchir le portillon, Saburo avait répondu :

« Il m'a semblé que quelqu'un marchait dans la rue, mais je n'ai même pas pensé qu'on pouvait me voir et c'est sans hésitation que j'ai franchi le portillon donnant accès à la ruelle.

– Pourquoi avez-vous eu envie de les menacer ?

– Je ne sais pas trop. Je crois que ça m'est venu comme ça.

– Comment ?

– Je voulais sans doute leur faire une farce. »

Le magistrat n'avait pas cherché plus loin. Ce qui pouvait aller à l'encontre de mes puissantes suppositions, c'étaient les paroles mêmes de Saburo :

« Assis sur la planche du seuil, je somnolais », avait-il répondu à tous les interrogatoires, que ce soit à la police, au parquet, à l'instruction, à l'audience ou au cours de l'expertise psychiatrique. D'ailleurs, en venant dans cette maison, en attendant les filles, ou encore lorsqu'il les avait surprises toutes les deux la première fois, il n'était peut-être pas aussi excité que je l'avais cru. Et moi, finalement, n'étais-je pas à mille lieues de les comprendre tous les trois, elles deux et l'autre qui se dispersait en plaisanteries ? Tsutako était trop belle par sa pureté. Takiko trop belle par son élégance. Et la mauvaise plaisanterie qu'ils avaient jouée se réduisait au fait qu'ils n'avaient pas pris en compte l'éventualité d'un amour mutuel. Par ailleurs, on était en pleine nuit, et avec la fatigue consécutive à toute une journée d'errance, il est certain que Saburo devait avoir sommeil au point de somnoler dès qu'il s'asseyait.

« Menteur ! » crie je ne sais qui à côté de moi. Dire qu'il a somnolé est le seul mensonge de Saburo. Un mensonge qui lui a été dicté par sa vanité. Mais ne s'agit-il pas de ma part d'un soupçon injustifié, plutôt regrettable, dû à ma propre vanité, qui me ferait dire qu'il a fait semblant de somnoler pour ne pas avoir à réagir alors qu'elles étaient attaquées par un déséquilibré ? Cessons de nous perdre en conjectures et inclinons-nous encore une fois devant l'audacieuse brièveté du « Rapport définitif de clôture de l'instruction » :

« Le prévenu, Saburo Yamabe qui, par l'intermédiaire de connaissances mutuelles, fréquentait depuis quelque temps Takiko Kagawa et Tsutako Kano, habitantes du bloc 6 du quartier X de l'arrondissement X de Tokyo, les ayant attendues dans leur maison où il s'était introduit par hasard le 1er août de l'année X de Showa à 0 heure, les a surprises peu après à leur retour en poussant un cri strident qui leur a fait peur, et après avoir plaisanté un moment avec elles, a pris congé sans prêter une attention particulière au fait qu'elles lui disaient que la prochaine fois elles ne se laisseraient pas surprendre, et c'est en rentrant que, se rappelant ces paroles, il a eu l'idée de leur faire vraiment peur, de sorte qu'il était plus d'une heure du matin ce même jour, lorsqu'il a rebroussé chemin vers la maison, et comme elles étaient couchées et que la porte était fermée, il a fait le tour par l'arrière, franchi le portillon donnant accès à la ruelle, utilisant comme marchepied la boîte à ordures déposée près des toilettes pour s'introduire dans la maison par l'imposte ouverte au-dessus de la porte vitrée accédant aux cuisines, avant de se déguiser en voleur, etc. »

En tout cas, Saburo avait ensuite tué Takiko par accident et passé deux heures auprès de son cadavre à le regarder d'un air absent, puis il était redescendu faire on ne sait quoi avant d'étrangler Tsutako, si bien qu'il était déjà plus de cinq heures lorsqu'il s'était enfui.

« Au moment du crime, n'avez-vous pas entendu quelqu'un descendre d'une échelle dans la maison voisine ?

– Non. Mais au moins deux heures après que j'ai eu tué Takiko, il y a d'abord eu des pleurs de bébé dans le quartier, puis du bruit chez le laitier à deux ou trois maisons de là, alors je suis descendu pour voir si quelqu'un ne venait pas, mais bientôt, un tendre échange entre un homme et une femme me parvenant de chez le laitier, pour le bruit de l'échelle de la maison voisine je ne sais pas, mais avec les voix chez le laitier, je me suis dit que je ne devais pas traîner et qu'il fallait que je tue rapidement Tsutako, alors j'ai ramassé une ceinture dans la pièce du bas, pris la corde de chanvre accrochée au milieu de l'échelle, et je suis monté au premier, où j'ai étranglé Tsutako », a-t-il répondu au deuxième interrogatoire, mais on ne peut pas tout croire, dans la mesure où il a avoué à l'expert avoir inventé cette histoire de pleurs de bébé pour que l'on croie à une hallucination auditive. Comme nous l'avons déjà soupçonné, il s'agit d'un roman élaboré par le prévenu et les officiers qui l'ont interrogé. Les horaires retenus par l'instruction, à savoir qu'il s'est introduit dans la maison à une heure passée, a blessé Takiko avant deux heures, l'a étranglée cinq ou dix minutes plus tard, a tué Tsutako vers quatre heures du matin et quitté la maison vers cinq heures, ne sont sans doute pas faux. En réveillant le voiturier pour aller à la gare de Tokyo, il arrivait juste à temps pour prendre le train d'Atami à cinq heures et demie.

« J'ai acheté un ticket pour Odawara et je me suis précipité pour monter dans le train. Il pleuvait.

– Pourquoi avez-vous pris le train ?

– Pourquoi ? Je n'en ai aucune idée. Arrivé à Odawara, je suis revenu par le train suivant sans même sortir de la gare. Je suis descendu à Shinagawa, j'ai déposé mon panier à la consigne, et j'ai erré en ville avant de rentrer le soir chez ma grand-mère. A ce moment-là, j'ai été surpris en voyant le journal du soir, pourtant je ne sais pas comment dire, mais je n'avais pas vraiment l'impression que c'était moi qui avais fait ça, après je suis retourné sur les lieux, et jusqu'à mon arrestation, le 4, j'étais plutôt insouciant. »

Cette année-là, Saburo Yamabe avait vingt-cinq ans, Takiko vingt-trois, Tsutako vingt et un, et moi trente-quatre. C'était il y a cinq ans.

« Toi aussi tu étais assez insouciant, n'est-ce pas ?

– Ce n'est pas moi qui ai tué ou qui ai été tué. Mais ne me suis-je pas occupé des corps avec une rapidité fulgurante ? Il me semble que je m'en suis malheureusement occupé sans aucune gêne, en ignorant la mère et le frère aîné de Takiko qui avaient pourtant fait exprès le voyage jusqu'à Tokyo et à qui je n'ai pas demandé leur avis.

– Qu'est-ce qui t'y a poussé ? Tu avais quelque chose à te reprocher ?

– Il n'y a rien de plus effrayant que le mensonge.

– Est-ce une étrangeté de la nature si les morts ne ressuscitent pas ? Je crois que c'est parce que la nouvelle de la mort de Tsutako n'a suscité aucune réaction de la part de sa famille, que tu as maintenant l'impression qu'elle était ta préférée. Et c'est toi le plus malheureux. Bien plus que les trois qui sont morts.

– C'est encore plus grotesque lorsque l'énergie vitale de quelqu'un vient d'un passé révolu peser sur le présent.

– Le passé peut-il vraiment disparaître à jamais ?

– Il me semble surtout que le malheur des

hommes a commencé à partir du moment où ils ont appris à le conserver artificiellement.

– Tu m'as déjà abreuvé de ce genre de propos vaseux. On dirait que puisque la femme que tu convoitais t'a été trop tôt ravie par la mort, tu t'es donné beaucoup de mal pour élaborer ces histoires de hasard et de nécessité.

– Tu penses m'anéantir avec ces bêtises ?

– Ne serait-ce pas simplement que tu cherches à embellir le néant de la mort ? Où est la beauté dans la mort d'une femme à moitié endormie ?

– Quelle que soit la manière dont on y réfléchit, il s'agit toujours pour les vivants d'honorer les morts. C'est la reconnaissance de la vie. A tel point que je ressens maintenant encore une sorte de désir physique envers ces filles.

– Tu ne te sens pas responsable du fait qu'elles aient été tuées aussi bêtement ? Tout en voulant voir je ne sais quelle beauté dans cette absurde affaire criminelle, tu as tenté de lui prêter toutes sortes de significations. Il serait bon que tu saches que c'est justement la preuve que tu ne les as pas vraiment aimées. On dirait que tu as voulu considérer ce crime comme un acte unique, qui ne correspond pas à leurs vies à tous les trois, sans liens avec leurs vies, apparu soudain dans l'espace comme une fleur sans racines et sans feuilles, une lumière immatérielle, mais est-il concevable qu'en ce bas monde un romancier de quatre sous puisse ainsi lever les yeux vers l'infini ? Bien fait pour toi.

– Je suis condamné à la perpétuité du romancier. Comme Saburo Yamabe, bientôt je mourrai sans doute en prison, peut-être après avoir tué une femme, vois-tu.

– Parce que tu crois qu'il s'agit d'un jeu, que tu serais capable de tuer une personne sans qu'elle oppose la moindre résistance, qu'elle s'arrêterait de respirer sans s'en apercevoir et qu'elle mourrait comme un Bouddha, en s'endormant la tête posée sur tes genoux ? Ce serait un miracle !

– Qu'importe ! N'est-ce pas un roman que j'ai élaboré pour eux trois ?

– Ah bon, c'était un roman ? »

Et, les démons ayant pris la fuite, je me mis à réfléchir en rougissant. Ce texte s'appuyait sur trop de passages du dossier judiciaire, sur trop de comptes rendus d'expertises psychiatriques. Il était douteux qu'il s'agisse d'un roman de mon seul cru. Mais comme finalement, ainsi que je l'ai vérifié en plusieurs endroits du texte, ces dossiers étaient eux-mêmes des romans élaborés par le criminel, les officiers de justice et d'autres personnes, je serai satisfait si je peux moi aussi me joindre à eux en tant qu'auteur de cette œuvre collective. Qui n'est rien de plus qu'une œuvre humaine. J'ai écrit ces lignes avec le mince espoir de célébrer l'esprit de ces trois personnes dont la beauté, malgré son éclat, est tôt vouée à se défaire. Mon plus grand bonheur serait qu'elles puissent être un réconfort le jour où elles tomberont sous les yeux des parents et alliés de Takiko, de Saburo, et surtout de Tsutako, si tant est qu'elle en ait.

Postface

« Le Bras »

A propos de cette œuvre, je dois en réalité faire une confession qui me rend honteux. Je m'explique : lorsque a été publiée la première livraison, qui se terminait, si je me souviens bien, par :

« Sa main serra furtivement la mienne. Je vis les ongles bien polis, d'une pâle couleur d'œillet de Chine. Longs, ils dépassaient nettement l'extrémité de ses doigts »,

j'ai cru, comme il n'était pas écrit « A suivre », que la nouvelle se terminait ainsi, et j'en ai conclu un peu vite que ce petit texte était un joyau doté d'une fin magnifique. Mais par la suite j'ai eu la surprise de constater qu'il se poursuivait en feuilleton (cette technique d'écriture qui vise à empêcher de savoir quand un texte va se terminer est d'ailleurs un procédé habituel de l'auteur), et il a été difficile pour moi de modifier cette première impression.

Quand je relis maintenant le texte entier, il est certain que seule la première partie, cette histoire d'un homme qui rentre chez lui après avoir emprunté le bras d'une fille, demeure une belle allégorie, qui fait néanmoins ressentir de manière très précise la réalité sensuelle. Pourtant quand on considère l'ensemble, qu'on suit le développement obstiné de cette idée de base, on ressent au contraire comme un cauchemar cette force d'adhésion sensuelle, et l'on comprend alors que ce récit n'est pas uniquement une belle métaphore, mais qu'il décrit le lieu géométrique incontournable de la psychologie de l'auteur. Ce n'était pas une *idée*, mais une *obsession*.

Quand je parle de tout ou de partie, il me semble que je tombe justement dans le piège tendu par cette œuvre. Comme, dans tous les cas, le désir charnel n'exige pas la totalité, je pensais que grâce à cet unique bras, c'est-à-dire à partir d'une partie, non de la totalité, l'auteur pouvait enfin décrire précisément le rêve du désir même, et j'étais persuadé que seule la première livraison de ce récit était parfaite, si bien que je ne me suis peut-être pas rendu compte que j'avais été moi aussi saisi par le bras de la fille.

Revenons à notre sujet. A la différence des « Belles endormies », « Le bras » est un récit où les conversations, les échanges et les réactions sont clairement écrits. Cela n'a été possible que dans la mesure où l'autre est un bras. Il y a ici une structure paradoxale du texte voulue par l'auteur, où un rêve en apparence surréaliste est en réalité le produit d'une nécessité sensuelle. Le désir d'écriture, alors, ne vient pas de la forme de la pensée mais de celle de la chair, et le bras de la fille est l'incarnation symbolique désirable du corps même de la femme, par conséquent la forme désirable du monde de solitude absolue dans lequel vit l'auteur.

« Quand avait donc disparu cette sensation d'interruption et de rejet au point d'attache du bras ? » laisse échapper le narrateur en échangeant son propre bras droit avec le bras droit de la fille et en sentant le sang circuler. En réalité « l'interruption et le rejet » faisaient déjà partie de son état normal, avec son propre bras, avant qu'il ne se livre à cet enfantillage qui consiste à échanger un bras. Sinon, il aurait sans doute été capable de se satisfaire de contacts humains ou sexuels. Grâce à l'échange de bras, ou plutôt grâce à l'emprunt du bras de la fille, il devient pour la première fois capable non seulement de réaliser une conversation ou un échange, mais aussi une « relation ». Ainsi peut-on penser que « Le bras » raconte une aspiration à une telle « relation » à travers une accumulation de séquences d'un lyrisme magnifique.

« La beauté, tôt vouée à se défaire »

Si M. Kawabata a publié cette œuvre ancienne à la suite des « Belles endormies » et du « Bras », c'est certainement parce qu'il trouve aux trois textes des caractéristiques communes. « La beauté, tôt vouée à se défaire » ne s'arrête pas à la simple histoire du meurtre de deux jeunes femmes pendant leur sommeil, cette nouvelle joue également un rôle explicatif pour les deux récits qui précèdent, concernant le travail du « condamné à la perpétuité » qu'est le romancier et le thème de l'impossibilité d'une relation pure et belle à la réalité.

Le narrateur tente d'entrer d'une manière concrète dans les profondeurs de la psychologie du coupable et se sent aspiré hors de la réalité par le « mal » qui imprègne son imagination. Parce qu'il n'éprouve ni véritable haine, ni véritable tristesse. Tout d'abord, est-il vraiment capable d'« aimer », l'homme qui, à la vue des photographies détaillant le corps nu de Takiko qui vient d'être tuée, laisse échapper la réflexion suivante :

« C'est à cause de cette blessure que je détournai la tête en grimaçant, mais maintenant je pense que ce n'était rien d'autre que de l'hypocrisie, pour masquer en réalité mon émerveillement face à sa vie révélée. »

Il faut remarquer l'utilisation particulière du mot « vie » appliqué à un cadavre. Autrement dit, la vie, pour l'auteur, n'est rien d'autre qu'un objet, que l'on soit vivant ou mort. Le mot « vie », dans les livres de Kawabata, n'est jamais utilisé comme un principe actif de soi-même. La vie (même lorsqu'il s'agit d'un cadavre) est quelque chose qui s'oppose à l'esprit en tant qu'existence même.

« La beauté, tôt vouée à se défaire » est, comme je le pensais, une œuvre rigoureuse qui n'a pas du tout vieilli, ainsi que j'ai pu le constater à la relecture. Et je crois que si elle n'a pas vieilli, c'est sans doute à cause de la sérénité qui s'en dégage. Je me demande où l'auteur arrive à trouver cette tranquillité artistique. Il a vu la tristesse dans le cœur du criminel Saburo Yamabe, pour qui « provoquer la mort », c'était « flirter avec la vie », sans pour autant flirter lui-même avec la vie. C'est cette distance, que même une légère ivresse ne permet pas, qui l'a conduit aux « Belles endormies » et au « Bras ».

Yukio MISHIMA
(novembre 1967).

Table

Le bras 9

La beauté, tôt vouée à se défaire 51

Postface de Yukio Mishima 141

Yasunari Kawabata dans Le Livre de Poche

L'Adolescent n° 3232

Souvenirs d'adolescence, les premières amours, la passion de l'écriture, portraits, anecdotes, l'école, l'amitié, les menus et grands drames de la vie : Kawabata tel qu'en lui-même. Un monstre de tendresse et de férocité, dont la plume fouille avec la froide obstination du greffier les méandres de la mémoire. Cinq récits pour témoigner du passé, écrits sous forme de lettres, de nouvelles ou de journal intime, qui mettent en scène l'agonie d'un grand-père, les petites infamies de l'enfance, les états intérieurs d'un orphelin, les premiers émois du cœur, les émerveillements de l'esprit face aux complexités du monde... Ironie et tristesse, jubilation et tendresse : un recueil pour pénétrer l'univers intime d'un écrivain de génie.

Les Belles Endormies n° 3008

Dans quel monde entrait le vieil Eguchi lorsqu'il franchissait le seuil des *Belles Endormies* ? Ce roman, publié en 1961, décrit la quête des vieillards en mal de plaisirs. Dans une mystérieuse demeure, ils viennent passer une nuit aux côtés d'adolescentes endormies sous l'effet de puissants narcotiques. Pour Eguchi ces nuits passées dans la chambre des voluptés lui permettront de se ressouvenir des femmes de son passé, et de se plonger dans de longues méditations. Pour atteindre, qui sait ? au seuil de la mort, à la douceur de l'enfance et au pardon de ses fautes.

Chronique d'Asakusa n° 3172

Chronique d'Asakusa, ou la banale histoire de Yukimo, une jeune femme qui voulait croire aux merveilles de l'amour dans le Tokyo des années 1930.

La Danseuse d'Izu n° 3023

Un vieillard s'enlise dans la compagnie d'oiseaux, un invalide contemple le monde dans un miroir, et ce miroir lui renvoie d'abord son propre visage dans une sorte de tête à tête avec la mort. Rechercher le bonheur est aussi vain et aussi désespéré qu'apprivoiser une jeune danseuse, un couple de roitelets ou le reflet de la lune dans l'eau. Voici cinq textes limpides et mélancoliques, aussi pudiques sans doute dans l'expression que troublants dans les thèmes.

Le Grondement de la montagne n° 3071

Dans l'air inerte d'une nuit d'été, un vieil homme entend – ou croit entendre – le grondement de la montagne. Ce rugissement venu du cœur de la terre, lui seul semble le percevoir comme la révélation de sa mort prochaine. Notable, en apparence calme et rangé, le vieil homme cache une personnalité hypersensible, inquiète, troublée par une vie intérieure agitée. Songes, réminiscences, prémonitions l'absorbent plus que le monde qui l'entoure et dont il se détache progressivement. Seules les splendeurs fugitives de la nature, les arabesques émouvantes des oiseaux et la silhouette blanche et délicate de sa jeune belle-fille parviennent à le distraire de son obsession de la mort. Avec *Le Grondement de la montagne*, l'auteur confronte son personnage hanté par la vieillesse, la mort, le rêve impossible d'un érotisme lumineux, aux grands moments de sa vie, à ses déceptions, ses échecs, l'écoulement des saisons ou la beauté éphémère d'un cerisier en fleur par un matin d'hiver.

Kyôto n° 3081

L'entente entre la nature et l'homme trouve sans doute son accomplissement dans *Kyôto*. Deux jumelles ont été séparées à leur naissance. Elevées dans des milieux différents, l'une à la ville, l'autre dans la montagne, vont-elles pouvoir se rejoindre, adultes, et se comprendre ? Au-delà de cette histoire limpide et bouleversante, c'est l'affrontement du Japon traditionnel et du Japon qui s'américanise chaque jour davantage, qui est ici mis en scène. Ecrit en 1962, *Kyôto* est sans doute l'œuvre qui exprime le plus profondément le déchirement métaphysique et psychologique de l'écrivain japonais.

Le Lac n° 3060

« Le bonheur, pour le jeune Gimpei, c'était de suivre le chemin qui longe la rive, leurs deux silhouettes confondues reflétées dans le lac. Il marchait, regardait l'eau, et songeait que les deux reflets iraient jusqu'au bout du monde, embrassés pour l'éternité. Mais il fut bref, ce bonheur-là. »

Le Maître ou le Tournoi de go n° 3098

« La plupart des professionnels du go aiment aussi d'autres jeux, mais la passion du Maître présentait un caractère particulier : l'incapacité de jouer tranquillement, en laissant les choses suivre leur cours. Sa patience, son endurance s'avéraient infinies. Il jouait jour et nuit, pris par une obsession qui devenait troublante. Il s'agissait peut-être moins de dissiper des idées noires ou de charmer son ennui que d'une sorte d'abandon total au démon du jeu. »

Pays de neige n° 3015

A trois reprises, Shimamura se retire dans une petite station thermale, au cœur des montagnes, pour y vivre un amour fou en même temps qu'une purification. Chaque image a un sens, l'empire des signes se révèle à la fois net et suggéré. Le spectacle des bois d'érable à l'approche de l'automne désigne à l'homme sa propre fragilité.

Récits de la paume de la main n° 3341

En marge de ses grands livres comme *La Danseuse d'Izu*, *Les Belles Endormies* ou *Tristesse et Beauté*, Yasunari Kawabata (1899-1972, prix Nobel de littérature en 1968) écrivit aussi de très courtes histoires : souvenirs d'enfance ou d'adolescence, instants de vie saisis au vol, vignettes érotiques à mi-chemin du rêve et de la réalité. Et il les rassembla sous le titre énigmatique de *Récits de la paume de la main*. On peut certes les lire comme des fables. Une jeune femme, dans une soif infinie d'amour, veut devenir l'exacte réplique de l'être aimé. Deux amoureux, que la mort a enfin réunis, vont dialoguer et joindre leurs voix. Une jeune mariée succombe à l'instant où son époux se met à prier pour elle. Des vieillards nourrissent une couvée d'oiseaux sauvages, et dans leur geste renaissent la beauté, le rituel, la gravité du Japon d'autrefois... Mais la simplicité et la transparence de ces récits cachent bien des abîmes. « Montrez-moi votre âme en la posant sur la paume de ma main. Telle une boule de cristal. Et moi, je la dessinerai avec mes mots... »

Les Servantes d'auberge n° 3200

Ici, la vie quotidienne de jeunes prostituées, pensionnaires d'une maison close dans une petite ville d'eaux ; là, les errances intérieures d'une femme frigide ; mais aussi, les vicissitudes sentimentales d'un homme obsédé par l'image d'une morte. Trois récits, trois nouvelles qui se développent sur trois registres littéraires différents et qui témoignent des grandes orientations de l'œuvre de Kawabata. La subtile peinture des sentiments et des sensations dans « Illusions de cristal ». La poésie et la palette colorée des saisons dans « Les servantes d'auberge ». Les tours inquiétants d'une passion étrange dans « Le pourvoyeur de cadavres ». Un quatrième texte accentue la singularité du recueil. « Une page folle » est le texte d'un scénario que Kawabata écrivit en 1926 et qui fut tourné la même année par le réalisateur Kinugasa Teinosuké.

Tristesse et Beauté n° 3253

Dans *Tristesse et Beauté,* la mort esquisse ses premiers pas pendant que sonnent les cloches de Kyôto. Oki, le romancier vieillissant, cherche à revoir un ancien amour. Elle avait seize ans, lui plus de trente. Un quart de siècle plus tard, il tente de renouer avec le passé. Mais le destin a placé aux côtés de la femme peintre une élève de dix-sept ans, diaboliquement belle et diaboliquement dévouée à son professeur.

Romans et nouvelles La Pochothèque

Ossements / Histoire du visage de la morte / La Mer / La Danseuse d'Izu / Une page folle / Le Pourvoyeur de cadavres / Les Servantes d'auberge / Chronique d'Asakusa / Illusions de cristal / Elégie / Bestiaire / Pays de neige / Le Maître ou le Tournoi de go / Retrouvailles / Nuée d'oiseaux blancs / Le Grondement de la montagne / La Lune dans l'eau / Le Lac / Les Belles Endormies / Kyoto / Tristesse et Beauté.

Du même auteur
aux Éditions Albin Michel :

PAYS DE NEIGE

LE GRONDEMENT DE LA MONTAGNE

LES BELLES ENDORMIES

KYÔTO

LA DANSEUSE D'IZU

LE MAÎTRE OU LE TOURNOI DE GO

LE LAC

TRISTESSE ET BEAUTÉ

CHRONIQUE D'ASAKUSA

LES SERVANTES D'AUBERGE

L'ADOLESCENT

RÉCITS DE LA PAUME DE LA MAIN

Kawabata/Mishima

CORRESPONDANCE

Composition réalisée par IGS-CP

IMPRIMÉ EN ESPAGNE PAR LIBERDÙPLEX
Barcelone
Dépôt légal éditeur : 49130-09/2004
Édition 1
Librairie Générale Française – 31, rue de Fleurus – 75006 Paris
ISBN : 2-253-13095-8

30/1840/5